E. Ray Sanders
Die Protokolle des Gideon Blake
Band I / Ruf aus den Klippen

AF289428

E. Ray Sanders

Die Protokolle des Gideon Blake

Ruf aus den Klippen

Impressum

Bibliografische Information der Deutschen Nationalbibliothek: Die Deutsche Nationalbibliothek verzeichnet diese Publikation in der Deutschen Nationalbibliografie; detaillierte bibliografische Daten sind im Internet über http://dnb.dnb.de abrufbar.

Verlag: BoD · Books on Demand GmbH, Überseering 33, 22297 Hamburg, bod@bod.de

Druck: Libri Plureos GmbH, Friedensallee 273, 22763 Hamburg

ISBN: 978-3-8192-7712-2

Inhaltsverzeichnis

DER MANN IN STAITHES

Es gibt Orte, an denen die Zeit langsamer vergeht. Staithes war so ein Ort. Das kleine Fischerdorf an der rauen Küste North Yorkshires schien aus einer anderen Welt zu stammen. Enge Gassen, buckliges Kopfsteinpflaster, schiefe Häuser, die sich an die steilen Klippen zu klammern schienen. Nebel lag oft über den Dächern, als würde das Meer selbst den Ort mit seinem Atem einhüllen. Hier lebte Gideon Blake.

Ein Mann Anfang vierzig, zurückgezogen, freundlich, aber wachsam. In der Dorfbäckerei grüsste man ihn mit einem Kopfnicken. Im „Cod & Compass", dem einzigen Pub im Ort, kannte man seinen Platz, eine schmale Nische am Fenster mit Blick auf den Hafen. Dort sass er oft mit einem Notizbuch, schrieb und beobachtete.

Blake war nicht von hier. Geboren in London, aufgewachsen zwischen Bibliotheken und Laboren. Ein Studium der Naturwissenschaften, später noch Psychologie. Sein Weg hätte in einem Forschungslabor oder einem Hörsaal enden können. Doch stattdessen führte er nun Protokoll über das Unerklärliche. Was ihn nach Staithes verschlagen hatte, erzählte er selten. Manche munkelten, er hätte einen Zusammenbruch gehabt. Andere glaubten, er schreibe ein Buch.

Nur wenige wussten, dass Blake sich seit einigen Jahren mit jenen Phänomenen beschäftigte, die man gemeinhin als „Spuk" bezeichnet, jedoch mit einer Klarheit, die weder für Spekulanten noch für Sensationslust Platz liess.

Wenn er Fälle annahm, dann nur auf Anfrage. Keine Werbung, keine Website. Wer ihn finden wollte, musste wissen, wie man ihn fand. So wie die Frau, deren Brief heute Morgen in seinem Briefkasten lag. Kein Absender. Nur eine Adresse auf dem Umschlag und die Worte:

„Bitte kommen Sie. Es geht um meine Tochter."

Staithes war kein Ort für Eilige. Wer hierherkam, tat das mit Bedacht oder verirrte sich. Es gab eine schmale Strasse, die sich in engen Kurven von der Hauptstrasse hinunter zum Hafen schlängelte, vorbei an alten Steinmauern, Schafweiden und windzerzausten Bäumen. Die Häuser, viele davon Jahrhunderte alt, duckten sich in den Windschatten der Klippen, mit wettergegerbtem Holz und Türen, die selten dicht schlossen.

Gideon wohnte in einem dieser alten Fischerhäuser, leicht erhöht am südlichen Rand des Ortes. Von seinem Wohnzimmerfenster aus konnte man das Meer sehen und hören. Besonders nachts, wenn der Wind durch die Gassen heulte und die Wellen gegen die Felsen schlugen, war es, als würde das Meer selbst sprechen.

Das Haus war klein, verwinkelt, voller Bücher und Geräte. Alte Akten lagen gestapelt auf einer Kommode neben dem Kamin. In der Ecke stand ein Tisch mit einer Teekanne, einem Notizbuch und einem Diktiergerät. An der Wand hing ein eingerahmtes Zertifikat der University of London – Bachelor of Science, später ergänzt durch einen Abschluss in Psychologie.

Ein kleines Gewächshaus im Hinterhof, welches direkt ans Gebäude anschloss, zeugte von seiner Liebe zu Pflanzen, ein hölzernes Barometer über der Tür von seiner Neigung, das Wetter zu lesen, bevor es kam.

Gideon hatte sich ein Leben geschaffen, das zwischen Wissenschaft und Rückzug pendelte. Er lebte allein, aber nicht einsam. Seine Freundin, Lea, lebte in Deutschland, im Rheinland. Sie hatte vor drei Jahren ein wenig Geld geerbt und eine kleine Physiotherapiepraxis eröffnet, von der sie gut leben konnte. Sie war ihr eigener Chef. Gideon und Lea hatten sich an einem Seminar in Stuttgart kennen und lieben gelernt. Gideons ruhige, sachliche, aber auch humorvolle Art hatte Lea sogleich angezogen. Die beiden schrieben sich lange Mails, telefonierten oft, und sahen sich, so oft es ging oder wie Gideon es nannte: *„Regelmässiger als Geistererscheinungen."*

Die Briefe, wie der heutige, waren nichts Ungewöhnliches. Menschen schrieben ihm, weil sie glaubten, etwas zu sehen, zu hören oder zu spüren. Sie schrieben aus Angst, aus Neugier oder aus Verzweiflung. Manche baten um Hilfe, andere um Bestätigung. Einige suchten einen Wissenschaftler, andere einen Exorzisten. Gideon war weder das eine noch das andere. Er war ein Beobachter. Ein Protokollführer. Und manchmal, wenn es nötig war auch ein Aufklärer. Er las die Zeilen im Brief noch einmal:

„Bitte kommen Sie. Es geht um meine Tochter."

Mehr stand da nicht. Kein Name, keine Erklärung. Nur eine Adresse. Ein abgelegenes Cottage am Rande der Klippen, nur wenige Meilen nördlich von Staithes. Der Ort sagte ihm nichts, aber das war nicht ungewöhnlich. Er legte den Brief auf den Tisch, setzte sich in seinen Sessel und griff zum Teekessel. Während das Wasser langsam zu kochen begann, blickte er aus dem Fenster. Draussen zog wie immer um diese Zeit, der Nebel vom Meer zu den Häusern herauf.

Ein neuer Fall, oder nur ein weiterer Schatten im Dunst? Gideon nahm den Brief erneut zur Hand. Keine Handschrift, kein Absender, nur eine saubere Druckschrift, vermutlich aus einer alten Schreibmaschine. Laut las er die Adresse vor:

Cliff End Cottage
Ravens Dell
North Yorkshire

Er runzelte die Stirn. Ravens Dell. Der Name sagte ihm nichts. Und Gideon Blake kannte viele Namen. In seinem Wohnzimmer, gleich hinter dem Ohrensessel, standen zwei hohe Regale. Sie enthielten Karten, Ortsregister, historische Topografien und alte Reiseberichte aus ganz Grossbritannien. Ein Teil seiner privaten Sammlung, über Jahre zusammengetragen. Er zog eine alte Karte von 1902 heraus. Dann eine topografische Auflistung von Dörfern und Weilern im County North Yorkshire, die nie grösser als fünfzig Seelen gewesen waren.

„*Ravens Dell...*" Er murmelte den Namen, als könne er ihm so ein Geheimnis entlocken. Schliesslich wurde er fündig in einem vergriffenen Werk über verlassene Weiler in Küstennähe.

„*Ravens Dell (ehemals Ravendale), isoliertes Tal am Rand der Klippen, Zugang nur über schmale Küstenstrasse, einst vier Häuser, davon zwei verfallen. Letzter verzeichneter Bewohner: ca. 1957. Heute offiziell kein Wohnsitz mehr.*"

Das liess Gideon aufhorchen. Warum sollte jemand, der um Hilfe bittet, ausgerechnet von einem Ort schreiben, der fast als vergessen galt? Er klappte das Buch zu. Eine dieser typischen Spuren, denen er nicht widerstehen konnte. Verlassene Orte hatten oft ihre eigene Form von Erinnerung, gespeichert in Mauern, in Geräuschen, in Dingen, die nie ganz verschwanden. Was ihn mehr beschäftigte, war der Satz im Brief.

"Es geht um meine Tochter." Nicht: *"Ich glaube, es spukt."* Nicht: *"Wir hören Stimmen."*

Sondern eine persönliche, beinahe flehende Note. Ein Hilferuf, der sich zwischen Sorge und Angst bewegte. Gideon war vorsichtig mit solchen Fällen. Manche suchten nur ein Publikum. Andere litten unter Dingen, die eher psychologischer Natur waren als paranormal. Aber selten... ganz selten... begegnete er etwas, das sich nicht vollständig erklären liess. Er griff zu seinem Notizbuch, schlug eine leere Seite auf und schrieb mit seiner feinen, ordentlichen Handschrift:

Fallnotiz Eintrag 1
Empfangen am: Dienstag, 14. März
Absender unbekannt. Handschrift maschinell.
Ort: Ravens Dell, Cliff End Cottage
Inhalt: „Bitte kommen Sie. Es geht um meine Tochter."
Bemerkung:
Ort auf aktuellen Karten nicht verzeichnet
Erwähnt in historischen Quellen, zuletzt bewohnt Mitte der 50er
Bedeutung des Briefes unklar, keine offensichtliche paranormale Andeutung
Analyse erforderlich: topografisch, historisch, psychologisch

Er legte den Stift beiseite, lehnte sich zurück und sah hinaus auf das Meer. Der Wind hatte aufgefrischt. Möwen kreischten über den Felsen. Ravens Dell. Ein Ort, den die Welt vergessen hatte. Doch jemand dort erinnerte sich. Und hatte Gideon Blake gerufen.

Der Regen setzte ein, kaum hörbar, feiner Niesel, der sich wie eine feine Schicht auf das Fensterglas legte. Gideon stand am Fenster, den Brief in der einen, eine Tasse dampfenden Tee in der anderen Hand. Der Tag war noch jung, aber das Licht wirkte bereits wie Abend. März war eine launische Zeit an der Küste. Er dachte nach.

Ravens Dell war nicht weit, keine 10 Kilometer Luftlinie. Doch die Strassen in dieser Gegend waren unberechenbar. Schmal, kurvig, manchmal überschwemmt. Er hatte vor Jahren ein Geländefahrzeug, einen olivgrünen Range Rover Defender gekauft, genau aus solchen Gründen.

Er trat an seinen Schreibtisch, zog eine kleine Schublade auf und holte ein handliches Gerät hervor, ein altes

Barometer mit Höhenmesser. Daneben lag eine faltbare Strassenkarte, mit roten Markierungen versehen. Digitale Navigation nutzte er nur selten. Er vertraute lieber dem, was sich nicht ausschalten liess.

Wieder griff er zum Notizbuch.

Fallnotiz Eintrag 1 (Fortsetzung)
Erkundungsschritte geplant für: Mittwoch, 15. März
Anreise via Küstenstrasse
Wetterlage prüfen: dichte Nebelfelder möglich
Keine offiziellen Einträge zu „Cliff End Cottage"
Fotoausrüstung & Aufnahmegerät erforderlich
Keine Kontaktmöglichkeit – Ankunft ohne Voranmeldung

Er legte den Stift beiseite. Der Gedanke, unangemeldet zu erscheinen, gefiel ihm nicht, aber es war auch nichts anderes möglich. Wer einen Brief ohne Namen schickte, verzichtete bewusst auf Rückfragen. Gideon war kein Detektiv im klassischen Sinn. Er durchsuchte keine Häuser ohne Erlaubnis, stellte keine Vermutungen ohne Belege auf. Er dokumentierte. Beobachtete. Hörte zu.

Die Fälle, die er annahm, waren nie laut. Sie schlichen sich an, in Geräuschen, Erinnerungen, kleinen Verschiebungen der Wahrnehmung. Und oft lag die Wahrheit irgendwo zwischen dem, was war, und dem, was man glaubte. Er blickte noch einmal auf die Zeile im Brief.

„Es geht um meine Tochter."

Kinder waren sensibel. Sie spürten Dinge oft, bevor Erwachsene es überhaupt registrierten. Ob es sich um eine psychologische Reaktion handelte oder tatsächlich um ein äusserliches Phänomen, das war nun die Aufgabe seiner Beobachtungsgabe. Ein Knacken liess ihn aufhorchen. Das Holz im Kamin zog sich zusammen, der Wind rüttelte am Fensterrahmen. Gideon schloss die Haustüre ab und warf einen Blick auf das Thermometer: sieben Grad. Draussen wurde es dunkler. Er würde erst morgen früh aufbrechen. Früh genug, um bei Tageslicht anzukommen, falls es den Tag über überhaupt hell wurde.

Draussen zog der Wind mit kräftigerem Atem durch die Gassen von Staithes. In Gideons Haus knarrten die Dielen, als würde sich das Gebäude gegen die nahende Nacht stemmen. Er räumte den Schreibtisch auf, legte den Brief sorgfältig in eine Mappe, klappte das Notizbuch zu und streckte sich. Der Tee war längst kalt. Stattdessen füllte er sich ein Glas Wasser ein, trat ans Fenster und sah hinaus auf das düstere Meer. Dann griff er zum Telefon.
Keine Kurzwahltaste. Er tippte jede Ziffer von Hand ein, ein Ritual, das er beibehielt, so altmodisch wie beruhigend. Nach drei Tönen meldete sich eine vertraute Stimme.

„Hallo, Gidi.“

„Hallo, Lea“, sagte er leise, ein Hauch von Wärme in seiner Stimme.

„Wie ist das Wetter in Staithes?“

„Stürmisch. Neblig. Typisch März", antwortete er und liess sich in den Sessel sinken. *„Und bei dir?"*

„Sonne. Immerhin eine halbe Stunde lang. Ich hab's sogar fast geschafft, auf dem Balkon zu frühstücken, bevor ich in die Praxis ging. Fast."

Er lächelte. *„Du bist also unter die Optimisten gegangen."*

„Ich geb mir Mühe." Eine kurze Pause. *„Und du? Neue Fälle? Oder mal ein paar Tage Ruhe?"*

Gideon zögerte. Dann sagte er ruhig: *„Heute kam ein Brief. Kein Absender, nur eine Adresse. Ein Ort namens Ravens Dell."*

„Nie gehört."

„Ich auch nicht...und das macht mich neugierig." Er erzählte ihr, was im Brief stand. Ihre Stimme wurde ernster.

„Klingt... merkwürdig. Und du fährst hin?"

„Morgen früh. Es ist nicht weit. Aber abgelegen. Fast vergessen."

„Pass auf dich auf, ja? Und ruf durch, wenn du angekommen bist."

„Natürlich." Er hielt inne. „Du weisst, ich mach das nicht wegen der Schauergeschichten. Ich suche nur... Dinge, die man verstehen kann."

„Ich weiss." Ihre Stimme war weich. „Aber manchmal... machen auch erklärbare Dinge Angst."

„Das stimmt." antwortete Gideon mit ruhiger Stimme.

Sie sprachen noch eine Weile über Alltägliches. Ihre Arbeit, das Buch, das sie gerade las, ein altes Rezept, das sie ausprobieren wollte. Dann verabschiedeten sie sich, wie immer, mit dem Versprechen, bald zu schreiben. Ohne grosse Worte. Ohne Kitsch. Aber mit Verlässlichkeit. Gideon legte auf, blieb noch einen Moment sitzen, dann erhob er sich, ging durch den schmalen Flur in sein Schlafzimmer und bereitete seine Ausrüstung vor: Karte, Kamera, Notizbuch, Taschenlampe, ein kleines Aufnahmegerät.

Gideon hatte noch Einiges zu erledigen an diesem Tag. Der letzte Blick vor dem Schlafen am Abend fiel wieder auf das Meer und auf ein Foto von Lea, welches sie lächelnd am Hafen von Staithes zeigte. Die Nacht war hereingebrochen, der Wind hatte sich gelegt. Für einen Moment lag eine unnatürliche Ruhe über Staithes. Gideon schloss die Vorhänge.

Das Haus atmete. So fühlte es sich zumindest an. Helen Marlowe lag wach in ihrem Bett, die Decke bis unter das Kinn gezogen, das Fenster leicht geöffnet, damit die kalte Küstenluft die stickige Wärme der Nacht vertreiben konnte. Das Ticken der alten Standuhr im Flur war das einzige Geräusch, bis auf das gelegentliche Knacken des Gebälks. Oder war da noch etwas? Sie hielt den Atem an. Lauschte. Wieder dieses leise, schleifende Geräusch. Kein Wind. Kein Tier.

Es kam von oben. Vom Dachboden. Der Dachboden, den sie seit dem Einzug nicht betreten hatte. Sie schloss die Augen. Nicht aus Müdigkeit, sondern um nicht hinzuhören. Als würde das Schweigen sich auflösen, wenn man nur lange genug die Welt aussperrte.

In den letzten drei Nächten war Emily, ihre Tochter, zweimal aufgewacht. Sie schlief bei ihr im Bett. Einmal hatte sie geweint. Sie sagte, sie habe „die Frau im Fenster" gesehen, obwohl es draussen dunkel war. Ein andermal stand sie stumm im Flur, mit weit aufgerissenen Augen, als würde sie etwas hören, das niemand sonst hören konnte.

Helen hatte das zuerst für Einbildung gehalten. Ein neuer Ort, ein fremdes Haus, Einsamkeit. Aber irgendwann, in einer dieser Nächte hatte sie es selbst gehört. Ein Klopfen.

Nicht laut, nicht rhythmisch. Einmal. Dann lange nichts. Dann wieder. Manchmal drei Mal hintereinander. Sie hatte den Brief geschrieben, nachdem sie tagsüber Schatten an den Wänden gesehen hatte, wo keine sein konnten. Nur kurz. Nur aus dem Augenwinkel. Aber zu oft, um es zu ignorieren. Und sie erinnerte sich an einen Namen.

Gideon Blake

Ein entfernter Bekannter ihres verstorbenen Onkels hatte einmal von ihm gesprochen. Ein Mann, der das Unerkläriche untersuchte. Ohne Hokuspokus. Ohne Kamerateam. Einer, der zuhörte, ohne gleich an Geister zu glauben. Sie hatte den Brief auf der alten Reiseschreibmaschine geschrieben, um den Eindruck zu vermeiden, es handle sich um einen Scherz. Um zu zeigen, dass sie es ernst meinte.

Helen setzte sich im Bett auf. Im Flur regte sich nichts. Emily schlief neben ihr ruhig und entspannt. Der Dachboden war still, fürs Erste. Sie stand auf, ging leise durch den Flur, vergewisserte sich nochmal, dass ihre Tochter ruhig atmete. Im Wohnzimmer im Erdgeschoss zog sie sich eine Jacke über den Pyjama und trat barfuss vor das Haus.

Die Nacht war feucht, kühl und still. Das Meer rauschte leise in der Ferne. Keine Lichter, kein Verkehr, keine Stimmen. Sie sah hinauf zum Giebel des Hauses. Nichts. Nur das Dach, das sich schwarz gegen den Nachthimmel abzeichnete. Aber sie hatte das Gefühl, nicht allein zu sein.

*

Gideon erwachte, bevor es hell wurde. Nicht weil er es musste, sondern weil sein Körper es so wollte. Er lag still, hörte dem ersten Pfeifen des Windes zu, das durch die Ritzen im alten Fensterrahmen drang. Der Geruch von feuchtem Holz, Salz und Erde erfüllte das Haus. Es war die Art Morgen, die nach Ruhe schmeckte.

Er stand auf, schlüpfte in seinen Bademantel, streifte die blauen Hausschuhe über, die ihm Lea zu Weihnachten geschenkt hatte und trat in den schmalen Flur, der direkt in das Gewächshaus führte. Es war sein Rückzugsort, ein kleiner Anbau aus Glas und Holz, windschief, aber stabil. Morgens herrschte hier eine gewisse Kälte, bis die Sonne das Innere aufwärmen mochte, doch das gehörte für ihn dazu.

Er stellte sich unter seine provisorische Aussendusche in der hinteren Ecke des Gewächshauses, ein alter Gartenschlauch mit selbstgebautem Brausekopf. Mehr war es nicht. Das Wasser war eiskalt, und genau das war der Punkt. Er sog scharf die Luft ein, hielt kurz die Augen geschlossen. Dann öffnete er sie, wach, klar, bereit.

Nach dem Duschen prüfte er wie jeden Morgen die Pflanzen. Eine kleine Sammlung von Farnen, Moosen und Kräutern, die er mit akribischer Sorgfalt pflegte. In der hinteren Ecke wuchs sogar ein Exemplar Drosera rotundifolia. Ein Sonnentau, den er aus Schottland mitgebracht hatte. Er liebte es, wenn sich die kleinen klebrigen Tentakel am

Morgen zum Licht reckten, als ob sie nach der Wahrheit tasteten.

Zurück im Haus, bereitete er sein Frühstück zu. Ein weiches Ei, etwas Brot, ein Stück Käse, schwarzer Tee mit einem Schuss Zitrone. Kein Radio, kein Telefon. Nur das gleichmässige Schaben des Messers auf dem Toast. Er setzte sich an den kleinen Tisch am Fenster der Küche. Die Vorhänge hatte er zurückgeschlagen, der Blick aufs Meer war frei. Nebel lag über der Bucht, dick wie ein Tuch, das jemand sorgsam über das Wasser gebreitet hatte.

Er ass langsam, nachdenklich, und notierte wie jeden Morgen ein paar Sätze in ein separates Notizbuch. Diesmal nicht über den aktuellen Fall, sondern über den Zustand seiner Pflanzen und das Wetter. Nach dem Frühstück packte er seine kleine Reisetasche. Neben der Ausrüstung auch ein paar Hygieneartikel und Ersatzkleidung. Er wusste nicht, wie lange er bleiben würde und wollte vorbereitet sein. Er zog eine schlichte, aber warme und wetterfeste Jacke über, darunter einen Wollpullover, robust und warm. Die Tasche schwang er sich über die Schulter, trat vor die Tür, atmete tief ein. Aber er ging nicht gleich zum Auto. Noch nicht.

Zuerst machte er, wie immer vor einer Reise, einen kurzen Abstecher ins Dorf. Zum Cod & Compass, dem einzigen Pub in Staithes, der morgens zwar kein Bier, aber immer frischen Kaffee hatte, und noch wichtiger, Informationen.

Die Türglocke klingelte, als er eintrat. Drinnen roch es nach Holz, Salz und einem Hauch von Whisky, der nie ganz aus den alten Dielen wich. Am Tresen stand Maisie, die Wirtin, Anfang sechzig, mit wachen, freundlichen blauen Augen und einem trockenen Humor.

„Morgen, Gideon", sagte sie, ohne aufzuschauen. „Du siehst aus, als hättest du wieder was Merkwürdiges vor."

„So könnte man es nennen", antwortete er und setzte sich an seinen gewohnten Platz. „Kennst du zufällig einen Ort namens Ravens Dell?"

Maisie hielt in ihrer Bewegung inne. Langsam hob sie den Blick. Ihre Stirn legte sich in Falten. „Ravens Dell?" wiederholte sie leise. „Den Namen habe ich seit Jahren nicht mehr gehört..."

Maisie stellte den Kaffee vor ihn, nahm sich selbst eine Tasse, und lehnte sich mit verschränkten Armen ans Holz des Tresens. „Ravens Dell...", wiederholte sie nachdenklich. „Ein kleines Tal nördlich von hier. Einsam, kaum noch jemand, der den Namen kennt. Damals hat man's noch Ravendale genannt."

Gideon nahm einen Schluck Kaffee. „Was war dort?"

Maisie zuckte mit den Schultern. „Nichts. Und das war genau das Problem. Eine Handvoll Häuser, ein paar Felder, ein einziger Briefkasten. Die meisten sind weggezogen.

Aber...", sie hielt inne, als müsse sie abwägen, *„...eine Frau ist dort verschwunden. Das war... ich glaub, Mitte der 70er."*

Gideons Blick wurde schärfer. „Wer war sie?"

„Ich erinnere mich nicht an ihren Namen", sagte Maisie langsam. *„Sie war nicht von hier. Eine Städterin, die sich da draussen ein altes Cottage gekauft hatte. Alleinstehend, hiess es. Manche sagten, sie sei nervlich nicht ganz stabil gewesen. Andere meinten, sie habe Dinge gesehen."*

„Was für Dinge?"

Maisie schnaubte. *„Was weiss ich? Schatten, Stimmen, das Übliche. Es gab nie einen Beweis. Irgendwann war sie einfach weg. Tür offen, Essen auf dem Tisch. Keine Spur."*

Gideon schrieb leise mit. *„Wurde sie gesucht?"*

„Ja, ein Constable aus Whitby hat sich darum gekümmert. Aber das Tal war schon damals... vergessen. Und es war keine Verwandtschaft da, die Druck gemacht hätte. Das Ganze ist irgendwann versandet." Sie schwieg einen Moment, dann sah sie ihn direkt an. *„Wenn du da hinfährst, Gideon, dann... sei nicht leichtsinnig. Das ist so ein Ort, wo sich Dinge festsetzen. In den Wänden. Oder im Kopf."*

Er nickte langsam. *„Ich schau's mir nur an."*

Maisie nahm ihre Tasse, drehte sich um und sagte im Gehen: *„Das haben die anderen auch gesagt."*

Fallnotiz Eintrag 1 – Ergänzung
Datum: Dienstag, 14. März, 11:45 Uhr
Ort: Cod & Compass, Staithes
Gespräch: Maisie Arkwright (Wirtin, wohnhaft in Staithes seit 1962)
Ravens Dell ehemals bekannt als Ravendale
abgelegenes Tal nördlich von Staithes, ehemals mehrere Häuser, heute kaum bewohnt
Hinweis auf das Verschwinden einer Frau Mitte der 1970er Jahre
Frau lebte allein im Cottage, angeblich sensible oder labile Persönlichkeit
Zeugenberichte über „Schatten" und „Stimmen" im Haus
Verschwinden blieb ungeklärt, Ermittlungen verliefen ergebnislos
Kein Name der Betroffenen

Bemerkung:
Der Zusammenhang zwischen dem damaligen Vorfall und dem aktuellen Hilferuf ist unklar, aber auffällig. Ähnliche Ortsangabe (Cliff End Cottage), ähnliche Ausgangslage (alleinlebende Frau), ähnliche Hinweise auf unklare Wahrnehmungen.

Geplantes Vorgehen:
Anreise am 15. März – Ziel: Einschätzung der örtlichen Gegebenheiten, Kontaktaufnahme mit Absenderin des Briefs, Dokumentation möglicher Phänomene.

Staithes lag bereits hinter ihm, als sich der Nebel dichter über die Küste senkte. Gideon hatte den Wagen kurz nach Mittag beladen, sich von Maisie mit einem knappen Nicken verabschiedet und war Richtung Norden aufgebrochen, den Schildern folgend, die so aussahen, als hätte man sie seit Jahrzehnten nicht ersetzt. Die Küstenstrasse war schmal, gesäumt von niedrigem Dornengestrüpp, verfallenen Steinmauern und vereinzelten Bäumen, die sich krumm dem ewigen Wind entgegenstellten.

Im Wagen lief keine Musik. Gideon fuhr in Stille, nur begleitet vom gleichmässigen Surren der Reifen auf dem feuchten Asphalt. Seine Gedanken kreisten, um Maisies Worte, um den Brief, um den Ort. Es war kein klassischer „Spukfall", wie ihn die Presse verstehen würde. Keine blutigen Erscheinungen. Keine hysterischen Berichte. Aber gerade das machte es so interessant.

Nach etwa dreissig Minuten Fahrt bog er auf einen unmarkierten Feldweg ein, der kaum als solcher erkennbar war. Zwei ausgefahrene Spuren im Gras, flankiert von Heidekraut und niedrigem Wacholder. Auf seiner Karte war hier vermerkt: Zugang zu Ravendale (ehem.), Achtung: Weg wird nicht gewartet.

Der Weg führte sanft bergab in ein flaches Tal, das wie eine Delle in die Küstenlinie gedrückt war. Ravens Dell. Gideon verlangsamte die Fahrt. Die Landschaft wirkte still, zu still. Kein Vogel, kein Tier. Selbst der Wind schien hier flacher zu atmen. Dann fiel ihm etwas auf. Links von der Strasse ragte ein Felsen auf. Nicht besonders gross, aber auffällig glatt und hell, als hätte man ihn poliert. Er war oval geformt, beinahe wie ein stehendes Ei aus Granit, und stand einzeln in der Landschaft, von Flechten überzogen.

Gideon bremste. Der Fels stand exakt auf einer kleinen Kuppe, ein paar Meter höher als der Weg und war ihm auf keiner der alten Karten begegnet. Er stieg aus, trat näher heran. Die Oberfläche war rissig, aber dort, wo der Regen ihn nicht erreicht hatte, spiegelglatt. Irgendetwas daran liess ihn innehalten. Ein seltsames Gefühl, als würde etwas... ihn beobachten. Oder war es nur eine kurze Erinnerung die sich wieder verflüchtigte. Er zog sein Notizbuch hervor und schrieb:

Fallnotiz Eintrag 2 – Beobachtung vor Ort
14:45 Uhr – Zugang zu Ravens Dell
Einzelstehender Fels, ovale Form, geschätzt 1,80 m hoch
ungewöhnlich glatte Oberfläche, nicht kartiert
kein direkter geologischer Zusammenhang mit umliegendem Boden ersichtlich
Position markant, evtl. historischer Grenzstein oder kultischer Bezug?

Zurück im Wagen, fuhr Gideon weiter. Nach wenigen Minuten lichtete sich der restliche Nebel, und Cliff End

Cottage kam in Sicht. Ein graues Haus mit steilem Giebel-
dach, schiefergedeckt, einsam am Rand der Klippe gelegen.

Ein verwitterter Gartenzaun, ein rostiges Tor, das im Wind
knarrte. Die Fenster waren alt, die Vorhänge gezogen. Eine
einzelne Fensterscheibe flackerte leicht im Licht, als hätte
sich dort jemand eben bewegt. Gideon hielt den Wagen
etwa zwanzig Meter entfernt an. Er stieg aus.
Sein Blick wanderte von der Klippe zur Haustür, dann zum
Dachbodenfenster, das leer wirkte, dunkel, aber offen.

Ein einzelner Vogel kreiste lautlos über dem Cottage,
schwenkte dann ab in Richtung Meer. Gideon schulterte
seine Tasche, trat durch das knarzende Tor und näherte
sich der Tür. Er klopfte, dann wartete er.

*

Helen stand hinter dem Vorhang, kaum sichtbar, nur einen
Spalt breit geöffnet. Sie hatte die Ankunft des Wagens gesehen, den Mann erkannt, noch bevor er sich dem Haus
näherte. Er entsprach genau der Beschreibung, die sie er-
halten hatte. Zurückhaltend, ordentlich, ruhig. Kein Jäger
von Spukgestalten. Kein Reporter. Kein Sensationssüchti-
ger. Aber dennoch... zögerte sie.

Seit dem Brief waren zwei Tage vergangen. Zwei Nächte, in
denen sie kaum geschlafen hatte. Ihre Tochter Emily
sprach kaum noch, ass wenig, wich ihr aus, als wolle sie

nicht mehr sagen, was sie sah, oder fühlte. Und letzte Nacht... hatte Helen es wieder gehört.

Ein leises Kratzen. Nicht auf dem Dachboden, sondern das erste Mal unter den Dielen. Kurz, als würde jemand ganz leicht mit den Fingernägeln über das Holz streichen. Kein Tier, dafür war es zu langsam. Dann wieder das Klopfen. Sie war nicht sicher, ob es wirklich passiert war, oder ob ihre Nerven ihr inzwischen einen Streich spielten.

Jetzt stand er da. Der Mann, dem sie einen so vagen und kurzen, verzweifelten Brief geschrieben hatte. Der Mann, von dem sie hoffte, dass er etwas erklären konnte oder einfach nur sagte: *"Sie bilden sich das nicht ein."*

Er sah nicht bedrohlich aus. Im Gegenteil: Er wirkte gesammelt, fast wie ein Lehrer. Aber in seiner Haltung lag etwas... Waches. Als würde er selbst nie ganz sicher sein, was real war und gerade deshalb sehr genau hinsehen.

Er klopfte an die Tür. Helen spürte einen Moment lang Panik in ihr aufkeimen. Vielleicht sollte sie einfach nicht öffnen. Vielleicht war es ein Fehler gewesen, ihn zu rufen. Vielleicht brachte er etwas mit, das sie nicht sehen wollte. Dann, fast unwillkürlich, legte sie die Hand auf den Türgriff. Und öffnete.

*

Die Tür öffnete sich langsam. Kein Knarren, kein Ruck, nur ein leises Klicken des alten Schlosses. Gideon blieb ruhig stehen, die Hände sichtbar, den Blick aufmerksam, aber freundlich.

Vor ihm stand eine Frau, etwa Mitte dreissig. Blasses Gesicht, dunkle Augenringe, ein Pulli, der zu gross wirkte. Ihr Haar war zu einem schnellen Knoten gebunden, wie jemand, der anderes im Kopf hatte als Äusserlichkeiten. *„Mr. Blake?"* fragte sie leise.

Er nickte. *„Gideon Blak und Sie sind Mrs. Marlowe?"*

Sie zögerte kurz, dann öffnete die Tür ganz. *„Ja, kommen Sie rein."*

Das Innere des Hauses war kühl, aber nicht ungepflegt. Der Flur war schmal, mit alten Dielen und einem Teppichläufer, der sich an den Rändern aufrollte. An den Wänden hingen keine Bilder, nur ein einziger alter Spiegel, in dem sich das Licht des Fensters gebrochen spiegelte.

Helen führte ihn in ein kleines Wohnzimmer. Ein Ofen stand an der Wand, nicht befeuert. Die Luft roch nach altem Holz und Lavendel. Vielleicht ein Versuch, den Geruch der Feuchtigkeit zu überdecken. Auf einem Beistelltisch lag ein Stapel Bücher, daneben eine halbvolle Tasse Tee.

„Setzen Sie sich bitte", sagte sie und schob einen Sessel zurecht.

Gideon nahm Platz, legte seine Tasche neben sich ab und musterte den Raum unauffällig. Der entfernte Klang der Wellen und kaum merklich, ein feines Knacken im Gebälk über ihnen.

„Ihre Tochter ist nicht da?" fragte er ruhig.

Helen schüttelte den Kopf. „Sie schläft. Ich... habe ihr ein Mittel vom Arzt gegeben. Nichts Starkes. Nur damit sie zur Ruhe kommt."

„Wie alt ist sie?"

„Zehn."

Gideon nickte, zog sein Notizbuch hervor. „Sie haben mir geschrieben, dass es um Ihre Tochter geht. Möchten Sie mir erzählen, was genau passiert ist?"

Helen sah ihn an, schwieg einen Moment, als wolle sie zuerst etwas anderes sagen. Dann senkte sie den Blick. „Wir... sind vor sechs Wochen hierhergezogen", sagte sie. Ihre Stimme war ruhig, aber etwas darin klang abwesend. „Ich hatte genug von der Stadt. Vom Lärm. Von den Menschen, die immer reden, aber nie zuhören." Sie machte eine kurze Pause.

„Emilys Vater ist vor drei Jahren gestorben. Autounfall. Danach war ich... lange still. Und irgendwann war alles einfach zu viel. Also habe ich gesucht. Nach einem Ort, der... leer ist. Still. Etwas, das mir gehört. Etwas, das niemand kennt."

„Und Sie haben dieses Cottage gefunden?"

„In einer Anzeige. Ganz unscheinbar. Ein altes Anwesen, billig, abgelegen. Ich dachte, das wäre ein Zeichen." Sie lächelte schwach. „Ich hab mich in die Vorstellung verliebt, dass man hier neu anfangen kann. Ganz ohne Erwartungen." Sie blickte auf ihre Hände, die im Schoss ruhten.

„Aber dieser Ort... fühlt sich nicht leer an." fragte Gideon und es war mehr eine Feststellung als eine Frage.

Helen atmete tief durch, als müsse sie sich überwinden, dann begann sie zu sprechen. Sie wurde leiser und stockend. Sie erzählte von den ersten Tagen, von Emilys Verhalten, den Nächten, den Geräuschen. Von einer Gestalt am Fenster. Von dem Gefühl, dass das Haus etwas mit sich brachte, das nicht in die Welt passte.

Gideon hörte aufmerksam zu. Er unterbrach sie nicht. Machte sich nur hin und wieder eine kleine Notiz, nickte, stellte gelegentlich eine gezielte Rückfrage: „War das Geräusch regelmässig?" – „Könnte es Zugluft gewesen sein?" – „Gab es Lichtquellen draussen?"

Als sie ihre Erklärungen beendet hatte, war es für einen Moment still. Dann schlug Gideon sein Notizbuch zu.

„Ich werde bleiben, sofern Sie das möchten.“

Helen sah ihn an, erleichtert und gleichzeitig angespannt.

„Ich bin kein Medium“, sagte er ruhig. „Ich glaube nicht an Geister. Aber ich glaube daran, dass Orte Erinnerungen tragen können. Und dass es Dinge gibt, die wir nicht sofort verstehen. Ich werde nichts tun, bevor ich nicht weiss, womit wir es hier zu tun haben. Einverstanden?“

Sie nickte langsam.

„Dann beginne ich mit einer Begehung des Hauses… falls Sie nichts dagegen haben.“

„Nein. Bitte.“

Gideon erhob sich langsam aus dem Sessel und trat in den Flur zurück. Helen begleitete ihn schweigend. Sie hielt sich im Hintergrund, liess ihn gehen, beobachtete nur. Er begann wie immer mit dem Erdgeschoss.

Die Küche war alt, aber instandgehalten. Der Boden leicht uneben, die Arbeitsflächen aus Stein, die Schränke schief, eingesetzte Einzelstücke. An der Wand hing ein Kalender vom letzten Jahr, ein vergessenes Detail oder ein Symbol für die Zeit, die hier stehen geblieben war.

Gideon hielt die Luft an. Es roch nach Lavendel, ja, aber darunter lag etwas anderes. Alt. Mineralisch. Vielleicht der feuchte Stein in den Wänden. Oder etwas anderes.

Er notierte:

Fallnotiz Eintrag 3 – Begehung Cottage
15:25 Uhr – Erdgeschoss, Küche
allgemeiner Zustand: alt, aber funktionstüchtig
auffälliger Geruch: Mischung aus Lavendel und feuchtem Gestein
Boden weist leichte Unebenheiten auf (Setzspuren?)
Kalender: Stand Februar 2024 → mögliches Anzeichen mangelnder zeitlicher Orientierung oder Bedeutung?

Im Flur bemerkte er eine Tür, die in den Keller zu führen schien. Sie war verschlossen, nicht abgeschlossen, aber mit einem Riegel von innen gesichert. Helen trat neben ihn.

„Ich war noch nicht unten", sagte sie. *„Die Stufen wirken morsch. Ich hab's ehrlich gesagt vermieden."*

Gideon nickte. *„Dann später."*

Im Wohnzimmer fiel ihm ein Bilderrahmen auf der Fensterbank auf. Ein altes Foto, fast verblichen. Eine Frau, in Schwarzweiss, stehend vor einem anderen Haus, nicht dieses. Helen bemerkte seinen Blick.

„Meine Grossmutter", sagte sie leise. *„Sie hat auch immer gesagt, dass Häuser leben."*

Er lächelte leicht. „*Ja, manche atmen.*"

Dann ging er hinauf. Die Treppe knarrte bei jedem Schritt, als wolle sie jeden Besucher persönlich begrüssen. Im oberen Stockwerk gab es zwei Türen: links das Kinderzimmer, rechts das Schlafzimmer. Zuerst das Kinderzimmer.

Es war erstaunlich ordentlich. Bücherregal, ein kleines Bett, ein Schreibtisch. An der Wand hing ein selbstgemaltes Bild. Ein graues Haus mit einer weissen Figur im Fenster. Kein Gesicht. Nur eine Silhouette.

Gideon trat näher. Das Bild war nicht besonders alt, vielleicht eine Woche. Die Farben leicht verwischt.

Er machte eine weitere Notiz.

Fallnotiz Eintrag 3 – Begehung Cottage II
15:37 Uhr – Kinderzimmer
Raum aufgeräumt, strukturiert
an der Wand ein Bild (Kindzeichnung): Darstellung eines Hauses, helle Gestalt im Fenster
mutmasslich Ausdruck einer Wahrnehmung (real oder traumatisch)
kein Hinweis auf Einfluss durch Medien (Helen: keine Fernsehnutzung bekannt)
psychologisch: mögliches Indiz für visuelle Halluzination / Angstverarbeitung

«*Schläft ihre Tochter nicht hier ?*» fragte er Helen.

«Nein, sie schläft im Moment bei mir im Schlafzimmer.» antwortete sie leise.

Dann der Dachboden. Die Klapptür im Flur war alt, die Leiter instabil, aber tragfähig. Gideon kletterte hinauf, vorsichtig, methodisch. Er öffnete die Luke. Oben war es dunkel, der Geruch deutlich intensiver. Altes Holz, Staub, etwas Metallenes. Er schaltete seine kleine Taschenlampe ein.

Der Raum war leer, fast zu leer. Kein Koffer, keine Kiste, keine alten Decken. Nur ein einziger Stuhl in der Ecke, von Spinnweben überzogen. Und an der Rückwand, drei parallele Kratzspuren im Holz, etwa kniehoch, flach, aber eindeutig. Keine Tierkrallen. Kein Muster.

Gideon verharrte still. Dann knipste er die Taschenlampe aus, um kurz zu sehen, wie der Raum im natürlichen Licht wirkte. Dunkel. Stumm. Und... schwer. Er atmete aus, schaltete das Licht wieder ein und schrieb:

Fallnotiz Eintrag 3 – Begehung Cottage III
15:49 Uhr – Dachboden
kaum Einrichtung, ungewöhnlich leer
auffällig: drei parallele Kratzspuren an der Rückwand, ca. 20 cm lang
keine tierischen Merkmale
alter Stuhl → kein Staubabdruck → seit Längerem unbewegt
Raum wirkt „statisch" → subjektiver Eindruck einer Spannung im Material

Gideon kletterte langsam wieder hinunter. Unten wartete Helen. Sie sah ihn fragend an, aber sagte nichts.

„Ich bleibe über Nacht", sagte er ruhig. Dann sah er sie an, mit einem freundlichen Lächeln: *„Wenn Sie damit einverstanden sind."*

Helen hatte das Abendessen vorbereitet, während Gideon seine restlichen Sachen aus dem Wagen holte. Es gab nichts Grosses, Suppe, frisches Brot, ein Stück Käse. Aber es roch angenehm warm im Haus, und das allein veränderte schon die Stimmung. Die Fenster waren verdunkelt, das Flackern des Herdfeuers tanzte an den Wänden, und der Klang von Besteck und Tellern klang fast... normal.

Emily kam die Treppe hinunter, als Gideon sich gerade die Hände wusch. Sie war klein, zierlich, mit langen braunen Haaren und wachen, aber misstrauischen Augen. Als sie ihn sah, blieb sie kurz stehen, nicht erschrocken, aber abwartend.

Gideon sah sie nicht direkt an. Stattdessen nickte er nur leicht und sagte: *„Hallo, Emily."*

Sie antwortete nicht sofort, trat dann langsam näher und setzte sich auf den Stuhl neben ihrer Mutter. Helen reichte ihr eine Schale Suppe. *„Emily, das ist Mr. Blake. Er ist nur für ein paar Tage hier, um sich das Haus anzusehen."*

Emily senkte den Blick. *„Weil du mir nicht glaubst."*

Helen zuckte kaum merklich zusammen. Gideon reagierte ruhig. *„Deine Mutter macht sich Sorgen"*, sagte er leise. *„Und ich bin hier, um zuzuhören. Mehr nicht."*

Emily sagte nichts mehr, aber sie ass. Langsam, schweigend, mit einem Ohr immer Richtung Flur gedreht. Gideon beobachtete sie unauffällig. Ihre Bewegungen waren flüssig, nicht nervös. Keine Anzeichen von Übererregung, aber sie wirkte... wach. Überwach.

Kinder in diesem Zustand nahmen jedes Geräusch auf. Nicht aus Angst, sondern aus Erfahrung. Als hätten sie gelernt, dass manche Dinge nachts nicht einfach verschwinden, nur weil man die Augen schloss.

Nach dem Essen half Emely Helen beim Abräumen, während Gideon sich leise verabschiedete, um das Gästezimmer zu beziehen. Es lag gegenüber dem Kinderzimmer, auf der anderen Seite des Flurs. Klein, aber sauber. Ein schmales Bett mit grober Decke, ein Stuhl, ein schlichter Nachttisch mit einer alten Petroleumlampe, elektrisch verkabelt. Am Fenster standen zwei Topfpflanzen, offenbar Helens Versuch, dem Raum Leben einzuhauchen. Gideon stellte seine Tasche neben das Bett, nahm das Notizbuch zur Hand und schrieb:

__Fallnotiz Eintrag 4 – Erste Beobachtungen__
17:55 Uhr – Gästezimmer, Cliff End Cottage
Raum einfach, aber funktional
kein offensichtlicher Einfluss durch Feuchtigkeit oder strukturelle Mängel

Fenster schliesst nicht ganz – eventuelle Ursache für Zuggeräusche?
Emily: erste persönliche Begegnung → zurückhaltend, beobachtend
keine Zeichen übersteigerter Fantasie, aber erhöhtes Aufmerksamkeitsverhalten

Draussen war es inzwischen dunkel. Der Wind hatte wieder aufgefrischt, rüttelte an den Dachschindeln. Aus dem Wohnzimmer hörte er, wie Helen leise mit ihrer Tochter sprach, beruhigend, fast flüsternd. Gideon schloss das Notizbuch, stellte die Lampe ab und sah aus dem Fenster in die Nacht hinaus. Heute würde er nicht schlafen, das wusste er jetzt schon.

Gideon sass an dem kleinen Tisch im Gästezimmer, die Petroleumlampe gedimmt, das Aufnahmegerät bereit. Auf einem Blatt hatte er eine grobe Skizze des Hauses angefertigt – Grundriss, Position der Fenster, Türen, Dachbodenluke. Es war ein altes Haus, aber solide gebaut. Und doch... etwas daran liess ihn nicht los.

Er hörte noch, wie Helen und Emily sich für die Nacht fertigmachten. Gedämpfte Stimmen, ein Schrank, der geöffnet wurde, Wasser, das im Waschbecken lief. Dann Stille. Nur das leise Quietschen der alten Federkernmatratze, als sich jemand hinlegte.

Gideon stand auf, prüfte noch einmal die Fenster, sie waren geschlossen, so gut es ging. Dann legte er das

Thermometer auf die Fensterbank, stellte das Aufnahmegerät auf den Tisch und nahm wieder seinen Notizblock zur
Hand.

Fallnotiz Eintrag 5 – Nachtbeobachtung
21:14 Uhr - Gästezimmer, Cliff End Cottage
Aufnahmegerät vorbereitet (mod. Tascam DR-05)
Temperaturmessung begonnen: Startwert 20,4 °C
(konstant fallend)
keine Lichtquellen von aussen erkennbar
Windstärke laut App 2–3 Bft, Böen vereinzelt
Fenster schliessen nicht ganz dicht → mögliche Ge-
räuschverfälschung berücksichtigen
subjektives Empfinden: latent gespannte Atmosphäre,
keine akute Unruhe

Er stellte den Stuhl nahe an das Fenster, setzte sich, die
Arme verschränkt, das Ohr dem Haus lauschend. Die Minuten verstrichen. Ein Knacken im Gebälk. Ein fernes Rauschen des Windes, das an den Ecken des Hauses zerrte.
Dann, absolute Ruhe.

Keine Schritte. Kein Flüstern. Kein Atem, ausser dem eigenen. Das Haus hatte sich zurückgezogen. Und genau in diesem Moment, als Gideon sich leicht nach vorne beugte, geschah es. Ein leises, fast unhörbares Klopfen. Nicht laut.
Nicht eindringlich. Nur dreimal. Und dann nichts mehr.

Es kam nicht vom Flur. Nicht von draussen. Es kam, so
glaubte er, aus dem Boden unter seinen Füssen. Gideon
blieb regungslos. Dann schrieb er, ohne aufzublicken:

Fallnotiz Eintrag 5 – Nachtbeobachtung (Fortsetzung)

Zeit: 22:46 Uhr
Beobachtung: Drei Klopfgeräusche, leise, in gleichmäs-sigem Abstand (~1,5 Sek.)
Position: Bodenbereich Gästezimmer, unklar ob aus Wohnzimmer oder Trägerbalken
Mögliche Ursachen:

Materialspannung (unwahrscheinlich bei Frequenz und Rhythmus)
Kleintiere (bisher keine weiteren Geräusche)
menschlich? (keine Bewegungen im Flur hörbar)
Bemerkung:
Wartezeit auf Wiederholung: mindestens 15 Minuten.
Bleibe wach. Keine weiteren Massnahmen vor 23:15 Uhr.

Gideon lehnte sich zurück, die Stirn leicht gerunzelt. Er kannte solche Nächte. Sie schlichen sich langsam an. Und wenn sie wollten, kamen sie nicht durch Türen, sondern durch Wände.

Er hatte sich kaum wieder zurückgelehnt, da kam das zweite Klopfen. Diesmal nicht unter dem Boden. Es war... entfernter. Drei Schläge. Leicht versetzt. Als würde jemand mit den Fingerspitzen gegen eine Wand tippen, nicht in seinem Zimmer, sondern irgendwo am anderen Ende des Hauses. Vielleicht unter der Treppe. Er schrieb es auf. Keine Panik. Kein voreiliger Schluss, obwohl sich sein Herz-schlag leicht erhöht hatte.

Fallnotiz Eintrag 5 – Nachtbeobachtung (Fortsetzung II)
Zeit: 23:17 Uhr
Zweites Geräusch: Klopfen (dreifach), Ursprung unklar
Mutmassliche Position: südöstlicher Bereich des Erd-geschosses
(Möglichkeit: untere Wandflanke Wohnzimmer / Treppe)
Keine hörbaren Schritte oder Nachhall
Entscheidung:
Keine aktive Nachforschung zur aktuellen Stunde, um Bewohner nicht zu beunruhigen.
Passives Monitoring fortsetzen.

Gideon stand auf, ging zum Fenster und öffnete es vorsichtig einen Spalt. Genug, um die feuchte Nachtluft hereinzulassen, aber nicht so weit, dass Wärme entwich. Der Nebel hatte sich verdichtet. Die Welt war weiss und grau, wie durch Milchglas gesehen. Er schaltete die Lampe aus. Blieb ganz still.

Draussen hörte man nur das dumpfe Rauschen des Meeres. Kein Tier, kein Mensch, kein Laut, der an Leben erinnerte. Nur Nebel. Und dann... eine Bewegung. Am Rand seines Blickfeldes, zwischen zwei niederen Büschen hinter dem Cottage, dort, wo das Grundstück in die Klippen überging glaubte er für einen Moment, eine Gestalt zu sehen. Weiss. Zart. Fast durchsichtig.

Er hielt die Luft an. Die Form stand reglos, leicht nach vorn geneigt, als würde sie auf etwas warten. Kein Gesicht, kein

Ausdruck, nur die Andeutung von etwas Menschlichem. Ein Faltenwurf wie ein Kleid, der sich kaum im Wind bewegte. Dann ein Luftzug. Der Nebel zog auf. Die Erscheinung verschwand. Gideon blinzelte. Hatte er sie wirklich gesehen? Er griff langsam zum Notizbuch.

Fallnotiz Eintrag 5 – Nachtbeobachtung (Schluss)
Zeit: 23:29 Uhr
Visuelle Beobachtung: unklare Erscheinung im Aussenbereich hinter dem Haus
schemenhafte Silhouette (vermutlich weiblich), weisslich-transparent
Position: 40–50m hinter dem Cottage, Nähe Klippenkante
Dauer: ca. 3–4 Sekunden
keine Bewegung der Erscheinung, Verschwinden durch Nebelauflösung
keine Lichtquelle im Hintergrund
Interpretation: Mögliche optische Täuschung durch Nebel / Lichtbrechung?
Alternativ: ungewöhnliche Rauchformation, keine erkennbare Quelle
Entscheidung: keine aktive Nachverfolgung zur Stunde
Ruhen bis Tagesanbruch
Gespräch mit Helen vorgesehen
Beobachtung am Fenster fortsetzen

Gideon schloss das Fenster, verriegelte es sorgfältig und blieb noch lange sitzen, den Blick hinaus gerichtet, die Gedanken ruhig, aber wach. Die Nacht schwieg.

Der Morgen kam mit einer blassen Sonne, die kaum durch die dichte Wolkendecke drang. Der Nebel hatte sich verzogen, doch die Luft blieb schwer und feucht. Wie nach einem stillen Streit, den niemand aussprechen wollte. Gideon hatte nur wenig geschlafen. Drei bis vier Stunden vielleicht, nicht mehr. Dennoch war er wie immer früh wach. Er duschte im kleinen Badezimmer kalt, zog sich an, trug seine Notizen in das saubere Morgenprotokoll über und trat dann sachte ins Erdgeschoss.

Helen war bereits in der Küche. Sie drehte sich nicht sofort um, als er eintrat. Erst, als sie die Teetasse abstellte, sah sie ihn über die Schulter an.

„Guten Morgen", sagte sie.

„Guten Morgen."

„Ich hoffe, Sie konnten schlafen."

Eine einfache Frage, aber in ihren Augen lag mehr. Eine Spur Unsicherheit. Oder Hoffnung? Gideon zog einen Stuhl zurück, setzte sich.

„Einige Stunden. Es war ruhig", sagte er und liess bewusst offen, was er mit *„ruhig"* meinte.

Helen nickte langsam. Sie stellte den Tee vor ihn, dann zwei Scheiben Toast und ein Glas Marmelade. Emily war noch nicht wach. Sie setzten sich still gegenüber. Nur das leise Klirren des Bestecks unterbrach die Stille. Erst nach ein paar Bissen fragte sie:

„Haben Sie... etwas gehört?"

Gideon trank einen Schluck Tee. Dann stellte er die Tasse ab und antwortete ruhig:

„Ja."

Helen hielt inne.

„Es war nicht viel", fuhr er fort. „Zwei Klopfgeräusche. An unterschiedlichen Stellen. Jeweils dreimal. Gleichmässig. Kein Nachhall."

Sie sah ihn an. Nicht erschrocken, sondern... bestätigt. „Emily und ich hören das auch manchmal. Immer dreimal."

„Ich weiss. Deshalb habe ich es notiert."

„Und... sonst?"

Er schwieg einen Moment. Dann: „Ich habe etwas gesehen. Draussen. Im Nebel."

Sie erstarrte. „Was?"

„Eine Gestalt. Weiss. Nur für einen Moment. Keine Bewegung. Dann war sie weg."

Helen blickte auf ihre Hände und fuhr sich danach nervös durch die offenen Haare. *„Ich habe sie auch gesehen. Zwei Mal. Eine Frau."*

Gideon legte seine Finger ineinander. *„Sie haben mir gestern gesagt, Sie wären hergezogen, um neu anzufangen. Aber dieses Haus... war vielleicht nie leer."*

Helen nickte. Und dann, leise: *„Ich glaube, es will nicht, dass wir hier sind."* Emily kam in die Küche, als Gideon gerade das zweite Stück Toast bestrich. Barfuss, noch im Schlafanzug, das Haar zerzaust, aber die Augen wach. Sie blieb einen Moment in der Tür stehen, sah ihre Mutter an, dann Gideon und setzte sich dann wortlos auf den Stuhl neben Helen.

„Guten Morgen, Schatz", sagte Helen leise. *„Möchtest du Tee oder Milch?"*

„Milch."

Helen stand auf, füllte ein Glas, stellte es vor sie. Emily trank erst einen Schluck, dann sah sie Gideon an, diesmal direkter als am Abend zuvor.

„Du hast's gesehen, oder?", fragte sie plötzlich.

Helen hielt inne. Gideon hob leicht die Augenbrauen, blieb aber ruhig. *„Was meinst du?"*

Emily drehte sich leicht zur Seite, schaute in Richtung des Fensters. *„Die Frau, die draussen steht. Immer da hinten, beim Zaun. Sie guckt manchmal."*

Gideon antwortete nicht sofort. Er beobachtete sie, nicht wie ein Polizist, sondern wie jemand, der jedes Wort zählen lässt. *„Hast du sie schon oft gesehen?"*, fragte er schliesslich.

Emily nickte. *„Manchmal ist sie weg. Dann wieder da. Aber sie guckt nur. Sie macht nix. Ich glaub, sie ist traurig."*

Helen presste die Lippen aufeinander. *„Warum ist sie traurig, meinst du?"*, fragte Gideon behutsam.

Emily zuckte mit den Schultern. *„Sie hat keine Farbe. Gar keine. Wie... wie eine Zeichnung, die jemand nicht fertiggemacht hat."*

Gideon machte sich keine Notizen. Nicht jetzt. Er wollte sie nicht abschrecken. Stattdessen nickte er nur leicht. *„Und hörst du auch manchmal was?"*

Emily trank einen Schluck Milch, dann sagte sie: *„Nur wenn ich schlafe. Dann wach ich auf. Und dann... weiss ich nicht, ob ich wach bin oder nicht. Manchmal hör ich meinen Namen. Ganz leise. So, als ob er in die Wand geflüstert wird."*

Helen senkte den Blick. Ihre Hand lag nun leicht auf Emilys Arm. Emily wirkte nicht verängstigt, nur müde. Wie ein

Kind, das nicht weiss, wie viel es tragen muss, und es einfach mit sich herumträgt.

Gideon lächelte. *„Danke, dass du mir das erzählt hast.“*

Emily nickte. Dann ass sie weiter, als wäre nichts gewesen.

Der Keller lag unter dem vorderen Teil des Hauses, direkt unter der Küche. Die Tür war alt, das Holz verzogen und der Riegel leicht rostig. Gideon hatte ihn am Vortag bereits gesehen, aber bewusst gemieden, bis jetzt. Helen stand im Flur, als er den Riegel zurückschob.

„Wollen Sie, dass ich mitkomme?" fragte sie.

Er schüttelte den Kopf. *„Nein, danke. Ich melde mich, falls ich länger als zehn Minuten brauche."* Er nahm seine kleine Lampe, das Thermometer und das Aufnahmegerät mit, trat durch die Tür und stieg vorsichtig die knarzenden Holzstufen hinab.

Der Keller war niedriger als erwartet. Der Boden bestand aus gestampfter Erde, die Wände waren grob gemauerter Stein, feucht, stellenweise mit weissen Ausblühungen. Es roch nach Pilz, Metall und etwas anderem. Alte Luft, wie in einem Raum, der lange nichts mehr erzählt hatte. Gideon leuchtete jeden Winkel aus. Kein Gerümpel, keine Regale. Nur eine grosse, leere Fläche, bis auf eine Stelle.

In einer Ecke stand eine Art Kiste. Flach, rechteckig, mit Leder beschlagenem Holz, etwa so gross wie ein Werkzeugkasten. Der Deckel war leicht geöffnet. Gideon kniete sich vorsichtig davor und hob ihn an. Nichts, nur Staub. Aber im Licht der Lampe erkannte er grob eingeritzte Buchstaben auf der Innenseite des Deckels, verblichen, aber noch lesbar, als ob sie jemand mit einem stumpfen Messer eingeritzt hätte:

"She never left."

Gideon blieb einen Moment lang still. Dann schloss er die Kiste wieder, richtete sich auf und notierte:

Fallnotiz Eintrag 6 – Kellerbereich, Cottage
Zeit: 08:57 Uhr
Keller vollständig leer, Boden aus gestampfter Erde
deutliche Feuchtigkeit an Wänden (keine Frischluftzufuhr)
metallischer Geruch + organischer Unterton
Einzelobjekt: alte Holzkiste, leer, grobe Inschrift innen: „She never left" mit stumpfen Messer eingeritzt oder waren es Fingernägel?
keine Hinweise auf Schädlingsbefall, Tiergeräusche oder strukturelle Instabilität
subjektiver Eindruck: gedämpfte Akustik, leicht erhöhter Luftdruck

Wieder oben schloss er die Kellertür hinter sich. Helen sah ihn fragend an, doch er schüttelte nur leicht den Kopf.

„Später", sagte er. *„Ich möchte mir erst draußen ein Bild machen."*

Mittlerweile hatte sich der Nebel verzogen. Die Luft war klar, der Wind stärker als am Vortag. Gideon umrundete das Cottage, folgte dem schmalen Pfad entlang des verwitterten Zauns. Die Erde war feucht, die Gräser hoch, das Holz des Zauns grau und rissig. Dann sah er die Stelle. Diejenige, von der Emily gesprochen hatte.

Der Zaun bog hier leicht ab, als hätte ihn jemand um eine unsichtbare Mitte gezogen. Und direkt dahinter die Klippe. Steil, gefährlich und ohne Absicherung. Der Boden wirkte hier weicher, fast zu weich.

Er ging einige Schritte näher. Auf einem der Zaunpfosten lag etwas, ein kleiner Stein, rund, hell und offenbar nicht von hier. Er wirkte sorgfältig platziert. Vielleicht von Emily? Und dann hob er den Blick, dorthin, wo er am Vorabend die Erscheinung gesehen hatte. Nichts, nur der Zaun, die Natur, Wind und Wasser. Aber in der Ferne, in der andern Richtung am Rand des Blickfelds, sah er ihn wieder. Den ovalen Felsen. Wie ein Wächter oder ein Tor.

Gideon ging zurück und am Cottage vorbei den Hang hinunter. Er nahm den gleichen Weg wie als er am Vortag zum Haus gefahren ist, als er das Tal erstmals betreten hatte. Der Felsen stand noch genauso da, ruhig, reglos und irgendwie fremd. Er kniete sich davor, zog das Thermometer hervor und mass die Oberfläche: **11,2 °C.** Deutlich wärmer als die Umgebung. Erneute Messung an anderer Stelle: **11,3 °C.** Keine Schwankung.

Dann hielt er den Kompass direkt an den Stein. Die Nadel zitterte kurz, nicht ungewöhnlich. Aber beim zweiten Versuch drehte sie sich leicht, als wäre ein Magnetfeld aktiv. Nur sehr schwach, aber vorhanden. Gideon schrieb wieder in sein Notizbuch:

Fallnotiz Eintrag 7 – Ovaler Felsen, östlich Cliff End Cottage
Zeit: 09:43 Uhr

Standort: erhöhte Position, ovale Form, ca. 1,80 m hoch, glatt, flechtenbedeckt
Temperatur: konstante 11,2–11,3 °C (leicht erhöht)
Kompassabweichung minimal, jedoch reproduzierbar
keine direkte Einbettung ins Gelände sichtbar – scheint aufgesetzt
Position auffällig: Sichtachse zum Cottage, zur Klippe, zum Zaun

Hypothese:
Möglicherweise historischer Grenzstein / Menhir / keltischer Ritualstein
Weiterführende Untersuchung erforderlich (Kartenvergleich, kulturelle Quellen)

Er machte ein paar Fotos, markierte die Stelle auf seiner Karte und trat den Rückweg an. Als er sich dem Haus näherte, stand Helen schon an der Tür.

„Ich habe Ihnen Tee gemacht", rief sie ihm entgegen. *„Und... etwas gefunden."*

Er trat ein und liess Jacke mit der Ausrüstung im Flur. Helen stand am Küchentisch, in der Hand ein altes, abgegriffenes, dünnes Buch.

„Es war ganz unten in einem der Kartons in der Wohnzimmerkommode. Ich hatte ihn nie ganz durchgesehen." Sie legte das Buch auf den Tisch.

Gideon schlug es vorsichtig auf. Verblichene Tinte, altmodische Handschrift. Kein Titel, kein Datum. Nur eine erste Zeile:

„Ravens Dell – Bemerkungen zur Geschichte des Tals und seiner Zeichen."

Gideons Augen wurden schmal.

„Da steht etwas über einen Stein", sagte Helen leise. „Nicht viel. Aber es ist vielleicht interessant für Sie."

Er blätterte das Buch durch und fand weitere Informationen. Eine Zeichnung. Oval. Mit einem Pfeil und einer Notiz:

„Stein des Schweigens – errichtet von denen, die wussten. Niemand, der ihren Namen rief, blieb ungehört."

Gideon starrte auf die Worte. Dann murmelte er: „Ravens Dell war nie wirklich vergessen. Es hat nur geschwiegen."

Emily hatte sich nach dem späten Vormittagstee wieder in ihr Zimmer zurückgezogen. Helen hatte ihr erlaubt, im Bett zu lesen oder zu malen, solange sie ein bisschen Ruhe fand. Das Mädchen war still, aber nicht bedrückt, nur in sich gekehrt, wie jemand, der mehr beobachtete als erklärte.

Gideon sass am Küchentisch, das alte Buch vor sich aufgeschlagen, die Notizen daneben, seine Brille tief auf die Nase gerutscht. Helen stand am Fenster, eine Tasse in der Hand. „Es ist mehr als ein Grenzstein", sagte er schliesslich. „Ich glaube, dieser Felsen war eine Art Ort der Übergabe. Oder des Übergangs."

Helen drehte sich zu ihm um. „Was meinen Sie damit?"

Gideon blätterte eine Seite weiter, tippte mit dem Finger auf eine neue Stelle. Die Handschrift war schwer lesbar, aber er hatte Erfahrung im Entziffern solcher Texte.

„Manche nannten ihn den Stein des Schweigens, andere die Schwelle. Man ging dorthin, um Dinge abzugeben, die einen verfolgten – Stimmen, Bilder, Träume. Manchmal kam man erleichtert zurück. Manchmal nicht."

Darunter ein zweiter Absatz, in kleinerer Schrift, fast nachträglich hinzugefügt:

„Kinder sollen besonders empfänglich gewesen sein. Ihre Worte waren es, die der Stein hörte. Ihre Namen, die am schnellsten Antwort erhielten."

Helen setzte sich langsam ihm gegenüber. Ihre Stimme war kaum mehr als ein Flüstern.

„Emily sagt, sie hört ihren Namen. Aus der Wand."

Gideon nickte. *„Nicht aus der Wand. Vielleicht... durch sie hindurch."*

Er zog sein Notizbuch heran und blätterte zu einem neuen Abschnitt:

Fallnotiz Eintrag 8 – Interpretation / Gespräch mit Helen Marlowe
Zeit: 10:57 Uhr
Objekt „Stein des Schweigens" (Bezeichnung laut Tagebuch), mutmasslich kultischer Ort
Verbindung zu Übergang oder symbolischer Kommunikation mit „etwas", das nicht näher definiert wird

Bezug zu Kindern auffällig → „Namen“, „Antwort“,
„Empfänglichkeit“
Emily berichtet von Flüstern, nennt weibliche Gestalt
„traurig“
mögliche Verbindung zur verschwundenen Frau in den
70er-Jahren (Zeugenaussage Maisie)

Arbeitsvermutung:
Die Wahrnehmungen des Kindes könnten im kulturel-
len Kontext als „Antworten“ auf unausgesprochene
Fragen verstanden werden – bewusst oder unbe-
wusst. Es ist unklar, ob es sich um eine projektive Re-
aktion handelt, oder um ein historisches Echo.

Gideon lehnte sich zurück, faltete die Hände. *„Ich glaube*
nicht, dass hier etwas Böses ist“, sagte er leise. *„Aber... et-*
was wartet.“

Helen sah ihn lange an. *„Auf was?“*

„Vielleicht... auf jemanden, der es beim Namen nennt.“

Später am Vormittag, als die Sonne sich durch die Wolken
schob und das Haus in ein kühles, klares Licht tauchte, ging
Gideon leise die Treppe hinauf. Die Tür zum Kinderzimmer
war nur angelehnt. Er klopfte sanft mit den Fingerknöcheln
an den Rahmen.

„Emily?“

„Ja?“

„Darf ich kurz reinkommen?“

Es raschelte, dann: *„Okay.“*

Er trat ein. Das Zimmer war still, die Gardinen halb geöffnet. Emily sass im Bett, ein Buch auf den Knien, daneben ein Glas Wasser. Auf dem Teppich lagen ein paar Filzstifte, offen, aber nicht benutzt. Gideon blieb einen Moment stehen, liess den Blick über die Wände schweifen, dann blieb er vor dem Bild stehen, das er am Vortag schon bemerkt hatte. Das Haus, der dunkle Himmel. Und dort, im Fenster die weisse Gestalt.

„Du hast das hier gemalt, oder?"

Emily nickte, ohne das Buch zu schliessen. *„Vor zwei Wochen."*

„Darf ich dich etwas dazu fragen?"

Sie sah ihn an. Nicht abwehrend, eher abwartend.

„Die Gestalt im Fenster… ist das jemand, den du gesehen hast? Oder hast du dir das ausgedacht?"

Emily überlegte kurz. *„Ich habe sie gesehen. Aber nicht genau. Nur… gewusst, dass sie da ist."*

„Wie meinst du das?"

Sie blickte auf das Bild, dann auf ihn. *„Ich hab zum Fenster geschaut, und da war niemand. Aber im Kopf… war sie da. So, als hätte jemand ein Bild hinter meine Stirn gemacht."*

Gideon nickte langsam. *„Das ist sehr gut beschrieben."*

Emily legte das Buch beiseite. „Ich hab's nur gemalt, weil ich sie nicht vergessen wollte. Weil ich dachte, wenn ich's male, geht sie vielleicht weg.“

„Hat es geholfen?“

Emily schüttelte den Kopf. „Nur ein bisschen.“

Gideon sah das Bild noch einmal genauer an. Es war kindlich, aber nicht chaotisch. Die Farben waren bewusst gesetzt. Die Gestalt, eine helle, formlos schwebende Figur hatte keine Augen, kein Gesicht, aber sie wirkte präsent. Irgendwie wach.

„Und weisst du, wie sie heisst?“, fragte er leise.

Emily zuckte mit den Schultern. „Ich glaub, sie weiss es selbst nicht mehr. Sie ist traurig.“

Gideon bedankte sich danach bei dem kleinen Mädchen, stand auf und ging zur Tür. Emily hatte wieder zum Buch gegriffen, als hätte das Gespräch nie stattgefunden. Doch Gideon wusste, es war ein Puzzlestück. Ein wichtiges.

Fallnotiz Eintrag 9 – Gespräch mit Emily (Kinderzimmer)
Zeit: 11:32 Uhr
Emily beschreibt „Wissen“ einer Präsenz am Fenster ohne direkte Sichtung
Bild entstand als bewusste Erinnerung / Bannsymbol
keine spezifischen Merkmale der Erscheinung
Kindliche Metapher: „Bild hinter der Stirn“ → möglicherweise mentale Projektion
kein Angstverhalten während des Gesprächs

Gideon kam langsam die Treppe hinunter, das Notizbuch in
der Hand. Helen sass im kleinen Wohnzimmer, auf dem alten Sofa, eine Decke über den Beinen. Sie sah auf, als er
den Raum betrat.

„Emily?", fragte sie leise.

„Sie ist wach. Ruhig. Wir haben über ihr Bild gesprochen."

Helen nickte, als würde sie sich nicht wundern, dass
Gideon das bemerkt hatte.

„Ich wollte Sie nicht stören", sagte er und blieb an der Tür
stehen.

„Sie stören nicht", erwiderte sie. *„Ganz im Gegenteil."*

Gideon trat näher, setzte sich in den Sessel gegenüber. *„Sie
ist ein sehr aufmerksames Kind"*, sagte er. *„Mehr als viele
Erwachsene. Sie beobachtet, aber sie dramatisiert nicht."*

„Ich weiss", antwortete Helen. *„Sie hat schon früh verstanden, dass man ihr nicht alles glaubt."*

Gideon nickte langsam. *„Und deshalb sagt sie nur die
Dinge, die sie wirklich fühlt."*

Helen sah ihn an. *„Und was denken Sie? Ist das, was sie
sieht, echt?"*

Er schwieg einen Moment, als würde er die Worte abwägen. Dann sagte er: *„Ich glaube, Emily nimmt etwas wahr, das mit diesem Ort verbunden ist. Ob es eine Erinnerung ist, eine Art Echo oder etwas anderes, das sich an sie gebunden hat, das kann ich noch nicht sagen."*

Helen fuhr sich mit der Hand über das Gesicht. *„Ich will nicht, dass sie Angst hat."*

„Dann ist es gut, dass Sie mich gerufen haben", antwortete Gideon auf beruhigende Weise.

Ein Moment der Stille entstand, nicht unangenehm. Dann stand er auf, schob das Notizbuch in die Jackentasche. *„Ich sehe mir jetzt den Zaun und die Klippen nochmals genauer an. Wenn Sie etwas brauchen, ich bin gleich zurück."*

Helen nickte, und als er schon fast zur Tür hinaus war, sagte sie leise:

„Mr. Blake… danke. Ich weiss gar nicht wie ich Ihnen das zurückzahlen kann."

Er drehte sich um. Ein freundliches Lächeln lag auf seinem Gesicht. *«Ihr Dank und die Aufklärung der Geschichte ist mir genug Lohn.»*

Der Wind war frischer geworden als Gideon das Cottage verliess. Dünne Wolken jagten über den Himmel und die salzige Luft trug den Klang der Brandung mit sich, gedämpft, aber durchdringend. Es war diese Art von Wetter, bei der man das Gefühl hatte, dass etwas in der Luft lag.

Etwas, das noch nicht entschieden hatte, ob es bleiben oder verschwinden wollte.

Er umrundete das Haus erneut, folgte dem schmalen Pfad entlang des Zauns. Die einzelnen Bretter waren grau und splitterig, die Nägel teils herausgerostet. In der Ecke, an der der Zaun auf die Klippen zulief, blieb er stehen. Hier war es gewesen. Emily hatte die „Frau im Fenster" etwa von hier aus gesehen. Und Gideon gestern Nacht ebenso, nur aus der anderen Richtung.

Er liess sich auf ein Knie nieder, prüfte den Boden. Feucht, aber stabil. Keine Fussspuren, keine Schleifspuren. Aber ein dünner Streifen Gras war flachgedrückt, nicht wie von einem Tier, sondern gleichmässig, fast als hätte sich jemand still hier niedergelassen. Er markierte die Stelle mit einem kleinen Stein und schrieb:

Fallnotiz Eintrag 10 – Beobachtung Aussengelände (Zaunbereich)
Zeit: 13:11 Uhr
Bodenverdichtung an Zaunecke → 1,3 m langer flacher Streifen im Gras
keine Fussabdrücke, keine Spuren von Werkzeug oder Gerät
keine natürliche Erklärung für lineare Absenkung → keine Wildwechsel, kein Windbruch
direkte Sichtachse zum Gästezimmer, Position entspricht Sichtungsangabe (Emily + eigene Beobachtung)

Dann trat er näher an die Klippen. Der Wind war hier stärker, der Boden ungleich. Ein falscher Schritt und man stürzte, aber Gideon war vorsichtig. Er bewegte sich am Rand entlang, bis er die Rückseite des ovalen Steins wieder erkennen konnte. Weit entfernt, aber klar sichtbar. Und dann, kaum zu erkennen bemerkte er eine zweite, kleinere Formation aus drei flachen Steinen, die halb im Boden lagen. Drei Steine, halbmondförmig angeordnet, fast am Rand der Klippe. Er ging näher, kniete sich hin und sah, dass auf einem der Steine eine eingeritzte Linie verlief. Nur wenige Zentimeter lang, in sich gedreht. Kein moderner Schnitt. Alt, sehr alt.

Er zog das dünne Buch mit dem Titel *„Ravens Dell – Bemerkungen zur Geschichte des Tals"* aus der Tasche, blätterte zur Skizze des Steins.

Und da war es, ein Symbol, fast identisch. Die Linie war dort als *„Zeichen der Schwelle"* beschrieben.

Darunter stand:

„Nur dort, wo drei Steine schlafen, spricht der vierte. Der Wächter antwortet nur, wenn man ihn findet."

Gideon sah auf. Der *„Wächter"*, das musste der grosse ovale Stein sein. Die drei kleineren Steine waren also nicht zufällig angeordnet.

Fallnotiz Eintrag 10 – Fortsetzung (Klippenbereich)
Zeit: 13:26 Uhr
Drei flache Steine, angeordnet in Halbkreisform am Klippenrand
ein Stein mit eingeritztem Symbol („Zeichen der Schwelle" lt. mysteriöses Buch)
direkte Sichtlinie zum „Wächterstein" (oval) → symbolische Verbindung wahrscheinlich

Kontextformulierung im Buch: „Nur dort, wo drei Steine schlafen, spricht der vierte"
Hypothese: Verbindung zwischen Klippenbereich (Zugang?) und Felsen (Ort des Übergangs?)

Gideon stand auf, blickte hinaus aufs Meer. Die Küste war still. Doch irgendetwas an diesem Ort flüsterte, nicht mit Worten, sondern mit Mustern und mit Zeichen. Er wusste jetzt, der Stein war nicht einfach ein Denkmal. Er war Teil eines Systems und dieses System war offenbar noch nicht verstummt.

DIE LINIEN

Als Gideon zurück zum Cottage ging, war der Wind abgeflaut. Die Wolken hingen tiefer über dem Tal als noch vor einer Sunde, aber der Himmel hatte sich nicht weiter verdunkelt, als würde etwas über ihnen innehalten und abwarten. Im Haus war es still. Kein Laut aus Emilys Zimmer, kein Klang aus der Küche. Nur das leise Ticken der Wanduhr im Flur.

Helen sass am Esstisch, als er eintrat. Sie blickte auf, erkannte seinen Gesichtsausdruck, konzentriert, leicht angespannt und fragte nur: *„Was haben Sie gefunden?"*

Gideon legte sein Notizbuch und das alte Buch auf den Tisch, setzte sich ihr gegenüber auf einen Stuhl.

„Ich glaube, es gibt ein Muster. Keine Einbildung, keine blosse Symbolik, sondern eine tatsächliche Verbindung zwischen dem, was Emily sieht, und dem, was dieser Ort bewahrt."

Fr schlug das Notizbuch auf und zeigte Helen die Skizze der drei Steine und das Symbol.

„Diese Zeichen sind alt. Wahrscheinlich keltischen Ursprungs oder noch älter. Der grosse Stein, den ich gestern auf dem Weg gesehen habe, ist nicht nur irgendein Findling. Er steht mit Absicht dort. Die drei kleineren Steine an der Klippe bilden mit ihm eine Linie."

Helen beugte sich vor, ihre Stirn gerunzelt. *„Und was bedeutet das?"*

„Vielleicht war es einmal ein Ort der Übergabe. Die Inschrift im Buch spricht davon, dass man dem Stein Dinge anvertrauen konnte. Gedanken, Erinnerungen, Stimmen. Vor allem Kinder sollen empfänglich gewesen sein. Genau wie Emily."

Helen legte die Hände auf den Tisch. *„Sie hört ihren Namen. Immer wieder. Und sie sagt, die Frau draussen sei traurig."*

„Und das Bild, das sie gemalt hat, ist nicht ausgedacht", sagte Gideon ruhig. *„Es ist eine Erinnerung. Oder ein Abdruck, wie ein Schatten, der sich auf sie gelegt hat. Ich glaube, sie nimmt wahr, was andere nicht mehr sehen können."*

„Aber warum sie?", fragte Helen leise.

„Weil manche Orte auf Kinder reagieren. Weil ihre Wahrnehmung noch nicht in Begriffe gezwängt ist. Und weil... manchmal etwas bleibt, das nicht vergessen werden will."

Helen sah ihn an. In ihren Augen lag nicht nur Sorge, sondern auch eine Spur Erleichterung. Endlich jemand, der nicht ausweicht. Der nicht mit Phrasen beruhigt. *„Was machen wir jetzt?"*, fragte sie.

Gideon schloss das Notizbuch. *„Ich bleibe heute Nacht draussen. Beim Stein. Ich will sehen, ob er antwortet."* murmelte er zu sich selbst.

Nach dem Gespräch mit Helen ging Gideon in sein Zimmer, setzte sich an den kleinen Tisch und klappte sein Notizbuch auf. Er griff zum Mobiltelefon, blätterte durch seine wenigen Kontakte und tippte auf einen Namen:

Dr. Jonathan Kells, Spezialist für Kulturanthropologie, mit besonderem Interesse an prähistorischen Kultstätten. Gideon kannte ihn seit dem Studium. Die beiden verband eine Art skeptischer Respekt. Jeder glaubte, dass der andere zu nüchtern war, um sich je wirklich zu verrennen. Und genau deshalb funktionierte es. Das Freizeichen dauerte etwas. Dann hob jemand ab.

„Kells."

„Jonathan, hier ist Gideon."

„Blake. Lebst du noch?"

„In gewissem Sinne, ja." Er lächelte leicht, dann wurde er ernst. *„Ich brauch deine Meinung zu etwas."*

„Du brauchst nie einfach meine Meinung. Du brauchst Belege für das, was du längst weisst."

„Dann hör mir zu."

Gideon schilderte knapp die Situation. Die Steine. Das Symbol. Die Inschrift im gefundenen Buch und Emilys Wahrnehmungen ohne sie auszuschmücken.

Kells schwieg einen Moment. Dann hörte man, wie er in eine Tastatur tippte.

„Drei Steine im Bogen. Einer mit einer eingeritzten Spirale?"

„Ja. Und ein grösserer, ovaler Stein in Sichtachse dazu."

„Das klingt... nach einer Schwellenmarkierung", sagte Kells langsam. „Gab's in verschiedenen Formen. Prä-keltisch meistens. Manchmal symbolisch, manchmal als sogenannte stille Orte. Plätze, an denen man... na ja, Dinge abgeben konnte."

„Was für Dinge?"

„Erinnerungen. Namen. Schuld. Oder in manchen Traditionen auch Seelen, die nicht mehr ihren Platz fanden."

Gideon notierte stichwortartig. „Und Kinder? Gibt's dazu Berichte?"

„In ein paar kornischen und walisischen Texten, ja. Kinder wurden manchmal als Vermittler angesehen. Ihre Träume galten als 'offene Kanäle'. Gab sogar Fälle, wo man sagte: **Der Stein antwortet nur, wenn ein Kind ihn ruft.** Warum?"

„Weil ich glaube, genau das passiert hier gerade."

Kells schwieg einen Moment. „Pass auf, Gideon. Wenn du recht hast, ist das nichts, was man mit rationalem Denken erklären kann. Aber du bist gut darin, zu unterscheiden, was ins Hirn gehört und was ins Herz. Bleib bei deiner Linie."

„Danke."

„Und nimm eine Thermoskanne mit. Es wird kalt."

Gideon beendete den Anruf, notierte die zentralen Begriffe im Protokoll, dann begann er mit den Vorbereitungen für die Nacht. Er packte alles in seine wetterfeste Reisetasche. Die Nacht konnte kommen. Nun würde er versuchen, dem Stein zuhören. Und vielleicht, nur vielleicht würde der Stein auch ihm antworten.

Helen hatte ihm nach dem Abendessen ein schlichtes Paket geschnürt. Zwei belegte Brote. Dazu eine alte, aber robuste Thermosflasche mit schwarzem Tee und einem Schuss Zitrone, _„gegen die feuchte Nacht",_ wie sie gesagt hatte.

Gideon nahm alles mit einem knappen, dankbaren Nicken entgegen.

„Wenn irgendetwas ist..." fragte Helen mit sorgenvollem Gesicht.

„Dann rufen Sie mich an", unterbrach er sie ruhig, aber freundlich. Er reichte ihr einen kleinen Zettel mit seiner Mobilnummer. _„Ich bin keine fünf Minuten entfernt. Wenn Sie etwas hören, sehen oder einfach ein schlechtes Gefühl haben, zögern Sie nicht."_

Helen nickte, die Finger um den Zettel fester als nötig. _„Und passen Sie auf sich auf."_

„Ich tue nur, was ich gelernt habe: beobachten."

Dann schulterte er seinen Rucksack, zog die Kapuze über und trat hinaus in die beginnende Dämmerung. Der Weg zum Stein war vertraut, aber der Nebel hatte sich wieder gesenkt. Nicht dick, aber tastend, wie ein Schleier, der sich langsam über die Landschaft legte. Die Gräser raschelten im Wind, einzelne Tropfen sammelten sich auf seiner Jacke. Es war still.

Am Fuss des „Wächtersteins" angekommen, suchte Gideon sich eine windgeschützte Stelle, leicht versetzt zur Nordseite, wo ein flacher, moosbedeckter Felsvorsprung Schutz bot. Von hier aus hatte er Sicht auf den grossen Stein und gleichzeitig auf die Linie, wo sich die drei flachen Steine am Klippenrand im Gras verbargen.

Er richtete sich ein. Stellte das Aufnahmegerät auf, befestigte das Thermometer an einem stabilen Ast, der aus dem Boden ragte. Die Infrarotkamera legte er auf den Boden, eingeschaltet, aber nicht scharf ausgerichtet. Dann setzte er sich. Die Dunkelheit kam langsam. Nicht wie ein Vorhang, eher wie eine Stimme, die immer leiser wurde.

Fallnotiz Eintrag 11 – Nachtbeobachtung am Stein
Zeit: 20:36 Uhr
Ort: Wächtersstein, östlich Cliff End Cottage
Windrichtung: Nordwest, 2–3 Bft
Aussentemperatur: 9,4 °C (leicht fallend)
Sichtweite eingeschränkt (leichter Nebel)
Geräuschkulisse: Rauschen der Brandung, gelegentliches Rascheln im Gras
Ausrüstung: Audioaufnahme, Thermometer, Infrarotkamera
Sichtlinie auf Klippenformation gegeben

Subjektives Empfinden: ruhige, gespannte Atmosphäre

Die Zeit verging. Gideon schlug den Kragen höher, nahm einen Schluck Tee und ass eines von Helens Sandwichs. Dann lehnte er sich zurück, die Augen offen, aber ruhig. Der Stein stand vor ihm. Unbewegt und wachsam.

Die Nacht kroch langsam über die Küste. Gideon sass still in seinem windgeschützten Unterschlupf am Stein, das Aufnahmegerät lief leise, blinkend, die Thermosflasche dampfte nur noch schwach. Die Temperaturen waren gefallen, wie erwartet, 7,1 Grad. Die Luft war feucht, aber wieder klar. Er hatte erste Messungen gemacht. Kein ungewöhnliches Magnetfeld, keine markanten Temperaturschwankungen. Die Infrarotkamera zeichnete auf, eine gleichmässige, dunkle Fläche. Kein Licht und keine Bewegung. Ausser dem gelegentlichen Rascheln des Grases un dem Wind war nichts zu hören. Gideon notierte, kontrollierte, wartete, und wartete.

Sein Blick wurde schwer. Der Kopf sank leicht nach vorne. Ein Moment, nur ein Moment, aber genug lange. Ein Geräusch riss ihn aus dem leichten Schlaf, nicht laut, kein Knall, sondern ein leises, klares Wispern. Direkt neben ihm. Er fuhr hoch, blinzelte, brauchte einen Moment, um sich zu orientieren. Die Kamera lief noch. Das Aufnahmegerät blinkte. Alles war an seinem Platz. Aber dann... sah er sie.

Keine zwei Meter vor ihm. Beweglich wie Nebel. Eine weibliche Gestalt, weisslich, schimmernd und ohne klaren Rand. Kein Gesicht im herkömmlichen Sinn, aber die Ahnung von Gesichtszügen. Ein Schattenzug über einer Stirn, die

Andeutung von Augen. Wie gezeichnet im Nebel mit einem Hauch von Licht.

Gideon erstarrte. Sein Herzschlag pochte spürbar in der Kehle. Doch er bewegte sich nicht. *„Keine Panik"* dachte er und versuchte sich zu beruhigen. Eingeübte Atemtechniken halfen ihm dabei.

Die Gestalt schwebte nicht. Sie bewegte sich nicht im klassischen Sinn. Sie war da und zugleich war sie Bewegung. Wie Rauch, der nicht vom Wind getragen wird. Dann ein Hauch. Nicht hörbar, sondern spürbar, wie der Atem eines Gedankens, der zu Worten wird.

„Wer bist du?"

Die Stimme war keine Stimme. Sie kam von ihr, aber auch vom Stein. Ein Echo ohne Ursprung. Gideon schluckte, öffnete den Mund, sein Hals war trocken. Seine Stimme war ruhig, aber tiefer als gewöhnlich.

„Mein Name ist Gideon. Ich bin Beobachter. Ich suche nach dem, was geblieben ist."

Die Gestalt neigte kaum merklich den Kopf nach links, eine Bewegung, die fast nur zu ahnen war.

„Warum... kommst du hierher...?"

„Weil ein Kind gerufen hat", sagte er leise. *„Und weil ich den Ruf durch das Kind gehört habe."*

Die Nebelgestalt flackerte kurz. Nicht wie eine Flamme, sondern wie ein Gedanke, der aufglimmt. Dann wieder Stille. Die Gestalt waberte nur gleichmässig. Gideon wagte es, eine Frage zu stellen.

„Wer bist du...?"

„Ich... ich weiss es nicht mehr."

Die Antwort kam zögernd. Leicht, fast traurig. Dann, ein zweites Flüstern, leiser, aus der Tiefe des Steins:

„Ich war... da. Ich bin noch... da."

Gideon spürte die Gänsehaut am Nacken und wie sie langsam über seinen Rücken kroch. Nicht vor Angst, sondern vor der Nähe zu der Gestalt. Er erinnerte sich an Emilys Worte: *„Ich glaub, sie weiss es selbst nicht mehr."* hatte Emily gesagt.

„Hast du einen Namen?", fragte er behutsam.

„Ich... hatte einen."

„Ich wur... dort. Ich war... im Fenster."

Dann veränderte sich die Gestalt. Nicht aufgelöst, aber weicher. Wie ein Schleier, der sich löst.

„Ich habe... gewartet..."

„Auf wen?"

Keine Antwort. Nur Stille.

Der Wind trug einen feuchten Windhauch vom Meer heran. Der Nebel verdichtete sich. Die Erscheinung verblasste... als würde sie ein Stück Erinnerung zurückgeben. Dann war sie weg. Nicht zerstoben, nicht verschwunden. Einfach nicht mehr da. Gideon musste sich zuerst etwas beruhigen, trank ein Schluck Tee aus der Thermoskanne und nahm dann sein Notizbuch zur Hand und notierte:

Fallnotiz Eintrag 11 – Nachtbeobachtung (Erscheinung)
Zeit: 23:12 Uhr
Beobachtung: Weisse, nebelartige Gestalt in menschlicher Form
Distanz: 1,5–2 Meter
visuelle Merkmale: weiblich, gesichtslos, bewegte sich wie Rauch im Stillstand
auditive Wahrnehmung: direkte Ansprache – „Wer bist du?"
Tonquelle diffus – identifizierbar mit Stein und Erscheinung
Dialogversuch erfolgreich – Formulierungen einfach, fragmentiert, emotional
Inhalt: Identitätsverlust, Bezug zu „Fenster", „Warten", „Dasein"
subjektive Wahrnehmung: keine Bedrohung, starke emotionale Präsenz

Gideon sass noch lange dort, unbewegt. Der Tee war in der Thermoskanne längst kalt geworden. Doch etwas in ihm war wärmer als je zuvor.

Der Stein schwieg wieder. Der Nebel war erneut dichter geworden, schob sich langsam über das Gras, kroch in die

Falten der Landschaft wie Wasser, das in alte Ritzen zurückfliesst.

Gideon sass still. Das Aufnahmegerät zeichnete weiter auf, die Kamera blinkte ruhig vor sich hin, aber die Gestalt blieb verschwunden. Keine Bewegung mehr. Kein Laut. Nur das stete Rauschen des Meeres, weit unterhalb der Klippen. Der Wind hatte sich mittlerweile gelegt.

Er atmete tief ein, schloss kurz die Augen. Was eben geschehen war, hallte noch in ihm nach, nicht laut, nicht aufdringlich. Eher wie ein Nachklang, der sich erst mit der Stille in seiner ganzen Tiefe entfaltet.

Er hatte keine Angst gehabt, zumindest keine lähmende. Aber der Moment, in dem sie da gewesen war, hatte etwas in ihm berührt, das lange still geblieben war. Eine Art inneres Wissen, dass es Dinge gab, die jenseits des Erklärlichen lagen. Und doch gab es sie. Man musste nur bereit sein sie zu hören.

Er öffnete das Notizbuch erneut. Nicht für Formeln, nicht für Messdaten. Sondern für Gedanken.

Zusatznotiz – persönliche Reflexion
Ort: Wächterstein
Zeit: 00:02 Uhr
Die Erscheinung war eindeutig an diesen Ort gebunden – an die Struktur der Steine, den Raum dazwischen
Ihre Sprache war keine, wie wir sie definieren würden – aber sie meinte etwas
„Wer bist du?" – eine Frage, die sie selbst nicht mehr beantworten konnte

*Mögliche These: Sie ist nicht Geist im klassischen Sinn
– eher Echo eines verlorenen Ichs
Verbindung zu Emily bestätigt: Das Kind hört, was andere vergessen haben
Ich muss vorsichtig bleiben – für das Kind, für die Mutter. Und für das, was noch gesagt werden will*

Er klappte das Buch zu, trank den letzten Schluck kalten Tee und blieb noch eine Stunde sitzen, ohne Messungen, ohne Geräte. Nur mit offenen Augen und ruhigem Atem. Gegen halb zwei war klar: Es würde nichts Weiteres mehr geschehen. Nicht in dieser Nacht und das war in Ordnung. Er nahm die Kamera, sicherte die Daten, packte alles langsam zusammen. Dann stand er auf, streckte sich kurz und legte noch einen kleinen, flachen Stein auf einen grösseren, als Zeichen. Nicht für die Erscheinung, eher für sich selbst.

Es war kurz nach zwei Uhr morgens, als Gideon leise die Haustür öffnete. Im Haus herrschte völlige Ruhe. Kein Knarren, kein Wispern, kein Geräusch von oben. Nur das sanfte Ticken der Uhr im Flur und das Klicken des Riegels, als er die Tür hinter sich schloss.

Er zog die Schuhe aus und trat in das kleine Wohnzimmer. Draussen war der Wind endgültig verstummt. Etwas hatte sich verändert. Er ging zu seinem kleinen Gästezimmer im Obergeschoss, setzte sich auf das Bett, zog sein Handy aus der Jackentasche und tippte eine kurze Nachricht an Lea:

„Bin zurück im Haus. War eine besondere Nacht. Werde dir später alles erzählen. Mir geht es gut. Liebe Grüsse aus dem Nebel."

Er legte das Handy auf den kleinen Tisch, stand auf und ging ohne Licht zum Bett. Es war kühl, aber nicht unangenehm. Er zog sich nur die Jacke aus, legte sich aufs Bett und liess die Augen offen, bis der Schlaf kam.

Als Gideon aufwachte, war es bereits hell. Sonnenlicht fiel schräg durch das Fenster, traf den alten Dielenboden und zeichnete helle Streifen an die Wand. Draussen zwitscherten ein paar Vögel. Von unten hörte Stimmen, Lachen.

Er stand auf, ging ins Badezimmer und unterzog sich seinem morgendlichen Ritual, der kalten Dusche. Danach zog er sich wieder an und, trat leise aus dem Zimmer und ging über die schmale Treppe ins Erdgeschoss. Der Duft nach Butter, heisser Pfanne und Zitrone hing in der Luft, als Gideon die Küche betrat.

Emily stand auf einem kleinen Tritthocker, die Schürze schief gebunden, eine Spur Mehl auf der Stirn. Sie schwenkte einen Holzlöffel durch eine Schüssel Teig, während Helen neben ihr lachte und versuchte, das Malheur einzudämmen.

„Guten Morgen", sagte Gideon, noch etwas heiser vom Schlaf.

Emily drehte sich um. „Wir machen Pfannkuchen! Mit Zitrone und Zucker. Mama sagt, das ist ein guter-Tag-Essen."

„Ein guter Tag also?" Gideon zog eine Braue hoch, lächelte.

Helen sah ihn an, das Lächeln weicher. „Ja. Es war... ruhig letzte Nacht. Ganz ruhig. Wir haben beide tief geschlafen. Zum ersten Mal, seit wir hier sind."

Gideon setzte sich an den Tisch, die Tasse dampfenden Tees bereits wartend vor ihm. Er beobachtete Mutter und Tochter still, wie sie gemeinsam arbeiteten, kein Misstrauen, kein Flüstern, kein Blick über die Schulter. Der Raum war heller als am Vortag. Nicht nur vom Licht. Etwas hatte sich gelöst.

Emily deckte schliesslich den Tisch mit sorgfältiger Mühe. Besteck schief, aber mit Stolz platziert. Dann reichte sie

Gideon den ersten Pfannkuchen auf einem geblümten Teller.

„Für Sie. Weil Sie gestern draussen geblieben sind. Mama hat gesagt, das war mutig."

Gideon nahm den Teller, verneigte sich leicht. *„Ich danke dir, Emily."*

Während sie assen, redeten sie über Schule, Frühstücksgewohnheiten und ob Nebel in England freundlicher sei als Regen. Alles war leicht und ungekünstelt, fast gewöhnlich. Doch Gideon sah die Veränderung. Nicht nur im Ton. An den Schultern, die nicht mehr hochzogen waren. In Emilys Händen, die nicht mehr klamm an der Tasse hielten. Die Nacht beim Stein und seine Begegnung hatten etwas bewegt.

Später, als Emily sich im Bad fertig machte und ihre Sachen für die Schule zusammensuchte, blieb Helen mit Gideon allein in der Küche. Sie goss frischen Tee nach, stellte Milch und Zucker dazwischen, aber diesmal ohne Hast. Keine gesenkten Blicke. Kein unruhiges Lauschen.

„Ich bringe Emily heute wieder zur Schule. Ich habe sie jetzt eine Woche zu Hause behalten, damit sie zur Ruhe kommen kann." Helen machte eine kurze Pause. *„Sie haben etwas gesehen, nicht wahr?",* fragte sie leise.

Gideon nickte. Er wartete einen Moment, bevor er sprach, nicht um zu zögern, sondern um ihr Raum zu lassen.

„Ja. Ich habe sie gesehen. Die Frau."

Helen hielt inne, dann setzte sie sich. „Und?"

„Sie sprach. Nicht viel, eher fragend und suchend. Als ob sie nicht wüsste, wer sie war... oder warum sie hier ist. Aber... sie war da. Ganz deutlich."

Helen sagte nichts. Sie wirkte nicht erschrocken, eher still bewegt.

„Sie hat gefragt, wer ich bin", fügte Gideon hinzu. „Und ich glaube, sie hat nicht nur mich gemeint. Ich glaube, sie sucht... sich selbst."

„Emily hat gesagt, sie ist traurig."

„Das ist sie."

Für einen Moment war es still, ein nachdenkliches Schweigen.

Dann kam Emily wieder die Treppe herunter, Schulrucksack auf dem Rücken, Haare noch feucht. „Ich bin fertig!"

Helen stand auf, griff zu ihren Autoschlüsseln. „Ich bring sie kurz ins Dorf zur Schule. Ich bin bald wieder zurück. Ich muss ohnehin noch Besorgungen machen."

Gideon begleitete sie zur Tür. „Ich fahre später zur Polizei in Whitby. Ich möchte herausfinden, ob es Aufzeichnungen über das Verschwinden der Frau gibt, die in den 70`ern hier gewohnt hat. Vielleicht hilft uns das weiter."

Helen nickte. *„Ich muss selbst noch ein paar Dinge erledigen. Wollen wir uns gegen Mittag wieder hier treffen? Emily muss ich erst am späten Nachmittag wieder von der Schule abholen"*

„Ja. Ich bin spätestens um eins zurück." Er zögerte kurz. Dann reichte er Emily die Hand. *„Ich danke dir für den Pfannkuchen."*

Emily grinste. *„Dann gibt's morgen wieder einen."*

Sie lachten beide, dann stiegen Helen und Emily ins Auto und fuhren die schmale Strasse vorbei an dem ovalen Stein und dann aus dem Sichtfeld von Gideon. Dieser blieb einen Moment auf der Türschwelle stehen. Die Sonne hatte es nun ganz über die Hügel geschafft. Die Schatten waren kürzer geworden und es schien ein sonniger und schöner Tag zu werden.

Fallnotiz Eintrag 12 – Nachbeobachtung Reflexion
Ort: Cliff End Cottage, Küche
Zeit: 09:47 Uhr
Rückkehr ins Haus gegen 02:00 Uhr, keine Auffälligkeiten
Helen und Emily in tiefem Schlaf, keine Störungen
kurze Nachricht an Lea gesendet
eigener Schlaf (ca. 3-4 Std.) unruhig, aber erholsam

Morgendliche Beobachtungen:
deutlich veränderte Stimmung im Haus
Emily und Helen wirken gelöst, entspannt, gut gelaunt
Frühstück in gemeinsamer Atmosphäre, erstmals ohne unterschwellige Anspannung

Emily äussert sich ungezwungen, wirkt geistig und emotional entlastet

Auffälligkeit:
Helen berichtet von vollständiger Ruhe in der Nacht – keine Klopfgeräusche, keine anderen Vorfälle. Dies steht in unmittelbarem Zusammenhang mit der Erscheinung am Wächterstein.

Hypothese (vorläufig):
Die Erscheinung hat sich „gezeigt" und möglicherweise eine Form von Bindung oder Ausdruck erfahren, die zuvor nicht möglich war. Emily scheint – zumindest vorübergehend – nicht mehr als Empfängerin „angesprochen" worden zu sein.
Möglich: Das Kind wurde (unbewusst?) entlastet durch die Präsenz eines zweiten Beobachters (ich), der dem Ort Bedeutung und Struktur verliehen hat.

Weitere Schritte:
Recherche zum historischen Kontext der Erscheinung Überprüfung des Verschwindens der Frau in den 1970er-Jahren
Ziel: Identifikation der Erscheinung und mögliche biografische Verknüpfung mit dem Ort
Besuch der Polizeistation (zuständig: Whitby)

Gideon klappte das Notizbuch zu, stand langsam auf und ging hinaus, um das Auto bereit zu machen. Er hatte das Gefühl, dass heute mehr ans Licht kommen würde, wenn er die richtigen Fragen stellte. Gideon stand am Gartentor des Cottages, die Morgensonne im Rücken, das Notizbuch sicher in seiner Tasche. Der Tee und das Frühstück lagen angenehm schwer im Magen, doch seine Gedanken waren längst weitergezogen.

Er erinnerte sich an Maisies Worte aus dem Pub: *„Ein Constabler aus Whitby hat sich damals darum gekümmert. Aber das Tal war schon damals... vergessen."*

Whitby, nicht weit entfernt, etwa vierzig Minuten Fahrt. Ein Ort mit Geschichte, alten Mauern, einer Klosterruine über dem Meer und vielleicht auch ein paar vergessenen Akten in staubigen Schubladen.

Es gab keinen Grund zu zögern. Der Wagen sprang sofort an. Die Strasse war frei, der Himmel klar. Als Gideon auf die Küstenstrasse einbog, summte sein Handy leise. Lea. Gideon hielt am Strassenrand kurz an und nahm sein Mobiltelefon in die Hand.

„Ich hoffe, du bist wohlauf. Du wirkst gedanklich weit weg, was ich dir nachsehe, weil ich dich kenne. Schreib mir, wenn du kannst. Ich vermiss dich. L."

Gideon lächelte flüchtig, legte das Handy zur Seite, fuhr weiter und konzentrierte sich wieder auf die Strasse. Er würde später antworten.

Das Polizeirevier in Whitby lag unweit des alten Hafens, ein flacher Ziegelbau aus den 80er-Jahren mit grossen Fenstern, einer blassblauen Tür und einem Parkplatz, auf dem zwei Einsatzfahrzeuge standen. Kein Ort mit viel Pomp, aber funktional. Kein Schild mit glänzender Prägung, nur eine dezente Aufschrift:

North Yorkshire Police – Whitby Division.

Gideon parkte, stieg aus und zog seine Jacke glatt. Das Meer war hier nah, die Möwen kreisten tiefer als in Staithes, und die Luft roch nach Fisch und Diesel.

Im Inneren war es ruhig. Ein Empfangsschalter mit Sicherheitsglas, dahinter eine freundliche Frau mittleren Alters, die telefonierte und gleichzeitig eine E-Mail tippte. Sie lächelte kurz, hob einen Finger, gleich bei Ihnen, und beendete das Gespräch.

„Guten Morgen, Sir. Wie kann ich Ihnen helfen?"

Gideon trat einen Schritt näher. *„Mein Name ist Gideon Blake. Ich arbeite als unabhängiger Berater in Fällen ungewöhnlicher Wahrnehmungsvorgänge. Ich suche nach Unterlagen zu einem alten Vermisstenfall, vermutlich aus den 1970er-Jahren. Der Name der Frau ist leider nicht bekannt, aber sie soll damals allein in einem abgelegenen Tal gelebt haben, Ravens Dell, nordwestlich von Staithes."*

Die Frau runzelte kurz die Stirn. *„Moment, ich sehe nach, wen ich dazu holen kann."*

Sie verschwand durch eine Seitentür und wenige Minuten später öffnete sich eine weitere Tür auf der gegenüberliegenden Seite. Ein junger Polizist, Ende zwanzig, kurze braune Haare, sauberes Hemd unter der Weste der North Yorkshire Police, trat heraus. Seine Augen wirkten wacher, als es die Uhrzeit erwarten liess.

„Mr. Blake? Constable Daniel Renshaw." Er streckte die Hand aus, Gideon erwiderte den festen Händedruck.

„Ich habe gehört, Sie interessieren sich für einen alten Fall. Kommen Sie mit, dann können wir in Ruhe sprechen."

Er führte Gideon durch einen Flur mit grauen Wänden und sauber verlegtem Linoleumboden. An den Wänden hingen alte Fotos der Hafenpolizei und ein paar regionale Karten. Keine Klischees, keine Spinnweben, alles schlicht, gepflegt, zweckmässig. Sie betraten ein kleines Besprechungszimmer mit Glastür und zwei einfachen Stühlen. Renshaw stellte eine Flasche Wasser und zwei Gläser auf den Tisch, bevor er sich setzte.

„Also, Mr. Blake, ein Vermisstenfall aus Ravens Dell? Das ist... ungewöhnlich. Ich komme selbst nicht aus der Gegend, bin vor vier Jahren hierher versetzt worden. Aber ich hab ein Faible für alte Akten. Was wissen Sie genau?"

Gideon legte sein Notizbuch auf den Tisch, schlug eine Seite auf.

„Nur das: Eine Frau, alleinstehend, zog sich zurück in ein abgelegenes Cottage in Ravens Dell, heute fast vergessen. Die Bewohner dort sprachen von seltsamen Wahrnehmungen, Schatten, Stimmen. Sie verschwand spurlos, ohne Zeugen. Die Ermittlung wurde angeblich von hier aus geführt, aber nicht abgeschlossen."

Renshaw tippte währenddessen schon etwas in seinen Rechner. „In den 70ern wurden viele dieser Fälle noch auf Papier geführt, aber wir haben ein Digitalarchiv mit eingescannten Unterlagen. Ich gebe dem System einen Moment."

Gideon schwieg, beobachtete ihn. Renshaw wirkte neugierig, nicht sensationslüstern, sondern offen. Ein Beamter, der Dinge ernst nahm, gerade weil er sie nicht sofort verstand. Nach einer Weile schob Renshaw den Monitor leicht zur Seite.

„Da ist etwas. Ein Fall aus 1974. Unbekannte weibliche Person, vermisst gemeldet durch Nachbarn aus Staithes. Keine Angehörigen, keine konkrete Adresse angegeben, nur: Nähe Ravendale. Damals noch ohne ‚s'."

„Das ist sie", sagte Gideon leise. Sein Bauchgefühl hatte es ihm gleich bestätigt.

Renshaw klickte sich durch mehrere Seiten. „Bericht von einem Constable Andrew Sellars. Er war damals Streifenbeamter hier. Die Beschreibung passt: Frau zwischen 30 und 40, zog alleine in ein Cottage in einer abgelegenen Senke, wurde zuletzt gesehen beim Einkauf in Whitby, dann verschwand sie spurlos. Keine Einbruchspuren. Keine bekannten psychischen Vorerkrankungen, aber Anmerkung: subjektive Beschwerden über Geräusche und Eindrücke, kein Hinweis auf Fremdeinwirkung."

„Wurde ein Name ermittelt?"

Renshaw nickte langsam. „Sie hatte auf einem alten Dokument ihren Namen vermerkt, vermutlich beim Einwohnermeldeamt, nie offiziell registriert. Handgeschrieben. Der Name war: Margaret Ainsley."

Gideon schrieb den Namen sorgfältig nieder.

„Kennen Sie diesen Namen?", fragte Renshaw.

„Noch nicht", sagte Gideon. „Aber ich habe gestern Nacht vermutlich mit ihrer Erinnerung gesprochen."

Renshaw blinzelte etwas irritiert, dann nickte er langsam, als hätte er genau das geahnt. „Wenn Sie möchten, kann ich versuchen, ob es im Archiv hier noch Bilder oder Eigentumslisten gibt. Vielleicht finden wir ein Foto."

„Das wäre sehr hilfreich und wenn es Ihnen keine Umstände macht."

„Geben Sie mir einen Moment." Renshaw stand auf, verschwand durch eine Tür, liess Gideon allein mit einem Namen, der plötzlich viel mehr war als Tinte auf Papier.

Renshaw kehrte mit einem dünnen Ordner in der Hand zurück. „Nicht viel, aber immerhin ein Foto. Und ein paar beschriebene Gegenstände aus dem Haus, das sie gemietet hatte."

Er reichte Gideon eine eingescannte Kopie. Das Bild war verblasst, aufgenommen vor einem unscheinbaren Steinbau, vermutlich dem Cottage. Die Frau, Margaret Ainsley, war etwa Mitte dreissig, mit schmalem Gesicht, hellen Augen und einer Frisur, wie sie in den frühen Siebzigern üblich war. Nichts Besonderes. Und doch...

Gideon sah lange auf das Bild. Etwas an der Haltung. Die Position ihrer Hände. Das Leichte im Blick und zugleich etwas Abwesendes. Ein Schatten unter der Oberfläche.

„*Erkennen Sie sie?*", fragte Renshaw leise.

Gideon nickte, fast unmerklich. „*Ich glaube... ja.*" Sie sassen einen Moment schweigend gegenüber.

Dann sagte Renshaw: „*Ich hab ehrlich gesagt schon von Ihnen gehört, Mr. Blake. Über ein paar Berichte aus Kent und Cornwall. Die Sache mit dem Leuchtturm von St. Ann's Point, das war... bemerkenswert.*"

Gideon hob leicht eine Braue. „*Das war Physik und Geschichte. Und ein wenig Psychologie.*"

„*Genau das gefällt mir an Ihrer Herangehensweise*", sagte Renshaw. „*Sie nehmen etwas ernst, ohne abzuheben. Und Sie reden nicht von Geistern, nur von dem, was bleibt.*"

Gideon lächelte nicht zum ersten Mal an diesem Tag.

„*Wissen Sie*", fuhr Renshaw fort, „*ich halte mich für einen bodenständigen Typ. Aber ich glaube auch, dass manche Orte... etwas mitnehmen. Und manchmal auch jemanden. Und wenn Sie mit dieser Ainsley gesprochen haben, dann ist das vielleicht kein Spuk, sondern vielleicht ein Hilferuf aus der Zeit.*"

Gideon schloss den Ordner, stand auf. „*Danke, Constable. Das war mehr, als ich erwartet habe.*"

Sie gingen gemeinsam den Flur zurück Richtung Ausgang. Gideon war bereits einen Schritt voraus, als er sich noch einmal umdrehte. „*Darf ich fragen...*", begann er zögernd, „*wie kommt es, dass Sie all dem gegenüber so...*

aufgeschlossen sind? Die meisten Polizeibeamten reagieren eher mit einem Lächeln, einem skeptischen."

Renshaw blieb stehen. Ein feines Grinsen schlich sich auf sein Gesicht. *„Meine Grossmutter"*, sagte er.

Gideon zog eine Braue hoch.

„Sie lebt in Northumberland. Eine kleine Farm, ziemlich abgeschieden. Seit ich denken kann, erzählt sie Geschichten. Nicht um zu erschrecken, sondern um zu erklären, was man nicht sieht. Sie nennt das ‚die zweite Ebene'." Er zuckte mit den Schultern. *„Ich hab's als Kind für Märchen gehalten. Aber... je länger ich diesen Job mache, desto mehr denke ich, manche Menschen spüren Dinge und manche Orte behalten etwas zurück."*

Gideon nickte langsam. *„Die zweite Ebene. Ein guter Begriff."*

„Sie sagt immer: Was sich nicht zeigen will, zeigt sich trotzdem, wenn jemand richtig schaut oder fragt."

Sie standen nun an der Tür. Renshaw reichte ihm erneut die Hand.

„Sie schauen richtig, Mr. Blake. Und ich denke, Margaret Ainsley wartet nicht mehr nur. Ich glaube, sie erinnert sich vielleicht."

Gideon erwiderte den Händedruck.

„Dann will ich zuhören, bevor sie wieder verstummt."

Und mit diesen Worten trat er hinaus in das kalte Licht des Vormittags. Das Meer rauschte irgendwo hinter den Mauern von Whitby, und in seiner Jackentasche lag ein Zettel mit einem Namen und eine Kopie eines Fotos. Margaret Ainsley.

Fallnotiz Eintrag 13 – Rechercheergebnisse (Whitby Police Station)
Ort: Parkplatz vor der Polizeistation Whitby
Zeit: 11:44 Uhr

Fallbezug:
Vermisstenmeldung aus dem Jahr 1974
Betroffene: Margaret Ainsley, weiblich, ca. 35 Jahre
alt, Alleinlebend im abgelegenen Tal „Ravendale"
(heute: Ravens Dell)
Letzte Sichtung: Einkauf in Whitby
Keine Angehörigen, keine eindeutige Meldeadresse
Ermittlung geführt durch Constable Andrew Sellars
Vermerk im Bericht: subjektive Wahrnehmungen der
Betroffenen (Stimmen, Geräusche)
Kein Hinweis auf Gewalt oder Einbruch
Fall ungeklärt, Akte 1975 ohne Abschluss archiviert

Zusätzliche Beobachtungen:
Äusseres Erscheinungsbild von Margaret Ainsley
(Foto): auffällige Ähnlichkeit zur Beschreibung der Er-
scheinung am Wächterstein
Bildsprache (Haltung, Blickrichtung, Körpersprache)
stimmt mit Emilys Zeichnung und eigener Wahrneh-
mung überein
persönliche Einschätzung: Identität der Erscheinung
mit hoher Wahrscheinlichkeit bestätigt

Zwischenfazit:
Margaret Ainsley ist die Erscheinung von Ravens Dell.
Sie ist nicht „geblieben" – sie wurde vergessen.
Und nun erinnert sich der Ort an sie.

Gideon schloss das Notizbuch und startete den Wagen. Der Motor des Range Rovers summte gleichmässig, die Strasse lag frei vor ihm. Auf dem Rückweg dachte er über Margaret Ainsley nach. Wer war sie gewesen? Warum hatte sie sich zurückgezogen? Und wieso war niemand gekommen, als sie verschwand? Gideon hatte gelernt, dass manche Menschen verschwinden, lange bevor man sie vermisst.

Helen stand bereits am Gartentor, als er den Wagen parkte. Sie hatte eine Einkaufstasche in der Hand und schien auf ihn gewartet zu haben.

„Willkommen zurück", sagte sie.

„Ich habe einen Namen", erwiderte er ruhig. *„Und vielleicht... eine Geschichte."*

Gideon und Helen sassen kurze Zeit später im kleinen Wohnzimmer, die Einkaufstasche stand noch unberührt neben der Tür. Der Tee dampfte in den Tassen, aber keiner rührte ihn an. Helen blickte ihn an, abwartend und offen, was kommen sollte. Eine Mischung aus Hoffnung und Angst in den Augen.

„Ihr Name war Margaret Ainsley", begann Gideon ruhig. *„Sie zog Anfang der Siebziger in dieses Tal. Allein. Keine Familie, keine engen Kontakte. Sie wurde ein Jahr später als vermisst gemeldet. Der Fall blieb ungeklärt."*

Helen senkte den Blick, doch sie sagte nichts.

„Sie wurde zuletzt in Whitby gesehen. Danach, kein Lebenszeichen. Keine Spuren. Aber der Beamte, der damals den Fall betreute, notierte, dass sie von seltsamen Eindrücken sprach. Geräusche. Stimmen."

Helen nickte langsam. „Wie Emily."

„Wie Emily", bestätigte Gideon.

Er holte die Kopie des Fotos aus seiner Jackentasche und reichte sie Helen. Sie betrachtete es lange. Die Frau auf dem Bild sah nicht ungewöhnlich aus. Und doch, da war etwas, etwas Verletzliches.

„Ich hab das Gefühl, sie wollte nicht verschwinden", flüsterte Helen. „Aber sie wusste, dass sie es tun würde."

Gideon nahm ihr die Kopie sanft aus der Hand. „Der Ort erinnert sich an sie. Und ich glaube, sie hat... gewartet. Nicht nur auf jemanden. Auf das richtige Fragen."

Helen sah ihn an. „Und was passiert jetzt?"

„Ich gehe heute Nachmittag nochmals zurück zu den drei Steinen an der Klippe. Ich glaube, dort liegt der Schlüssel. Diese Steine, sie sind keine Grenze. Sie sind eine Tür."

Der Himmel hatte sich wieder zugezogen, als Gideon erneut den Pfad entlangging. Der Wind war stärker als am Morgen, aber gleichmässig wie ein Atem. Er kniete sich bei den drei Spiralsteinen nieder, nahm sich Zeit, um die Erde Zentimeter für Zentimeter abzusuchen. Moos, Gras, feuchte Erde, nichts Auffälliges. Bis er es sah.

Zwischen zwei der Steine, halb im Boden versunken, lag ein flacher, länglicher Gegenstand, verwittert, kaum erkennbar. Gideon griff vorsichtig danach und hob ihn heraus. Ein altes Medaillon. Oval, mit angelaufenem Messingdeckel. Auf der Rückseite war ein Schriftzug eingeritzt, nur schwach:

M.A.

Er öffnete es vorsichtig. Ein verblichenes Foto, dieselbe Frau wie auf dem Foto aus der Polizeistation, aber jünger und lachend. Und auf der gegenüberliegenden Seite, ein offenbar handgeschriebener Zettel, eingerollt, winzig, brüchig. Gideon holte ihn nicht heraus. Noch nicht.

Aber es war für ihn klar. Margaret Ainsley war nicht einfach verschwunden. Sie hatte etwas hinterlassen. Etwas, das auf jemanden wie Emily wartete, oder auf jemanden wie Gideon. Er setzte sich auf einen flachen Felsen in der Nähe der Spiralsteine. Der Wind fuhr über das hohe Gras, die See rauschte leise unterhalb der Klippen. Mit ruhigen, präzisen Bewegungen holte er eine Pinzette aus seiner Jackentasche, sowie einen kleinen Zip-Beutel.

Dann öffnete er das Medaillon vollständig und löste behutsam den eingerollten Zettel aus seiner Halterung. Das Papier war brüchig, vergilbt, fast durchsichtig. Die Tinte hatte sich in das Material gefressen, doch die Schrift war erstaunlicherweise lesbar, schräg, gedrängt, aber klar.

Er legte den Zettel in den Plastikbeutel, fixierte die Ecken mit zwei flachen Steinen und begann zu lesen.

„Wenn du das liest, bin ich vielleicht schon nicht mehr. Ich kann das Schweigen nicht mehr ertragen. Nicht das im Haus, das in mir. Ich habe geredet, ich habe gewartet, aber es ist nichts gekommen. Niemand. Ich bin nicht verrückt. Ich höre sie. Sie ruft mich. Manchmal denke ich, ich war nie wirklich da."

„Ich will nicht sterben. Ich will nur nicht mehr so leben. Vielleicht hört jemand zu. Irgendwann."

„Ich heisse Margaret Ainsley. Und ich war hier."

Gideon sass lange still. Der Zettel bebte leicht im Wind, als wolle er selbst noch weiterreden. Er las die Zeilen mehrfach. Nicht nur mit den Augen, sondern mit dem Verstehen eines Psychologen, eines Mannes, der gelernt hatte, zwischen Worten zu lesen und die Zeichen zu erkennen.

Die Formulierungen, kein dramatisches Ende, kein Abschied, sondern ein langsames Verlöschen. Die Verschmelzung von innerer Leere und äusserer Isolation. Er kannte diese Symptome und er wusste, dass sie oft übersehen wurden. Er öffnete sein Notizbuch, schrieb in Ruhe:

Fallnotiz Eintrag 14 – Fundstück „Medaillon M.A."
Ort: Spiralstein-Formation, Klippenrand
Zeit: 15:43 Uhr

Inhalt:
ovales Medaillon, Rückseite mit Initialen M.A.
innen: Foto von Margaret Ainsley (vermutlich 1960er-Jahre)

eingelegter Zettel mit persönlichem Text (handschrift-
lich)
Inhalt des Textes deutet auf akute psychische Belas-
tung, depressive Tendenz, evtl. suizidale Gedanken
Wortwahl und Ausdrucksmuster:
Hinweise auf Wahrnehmungsverzerrung (Stimmen,
Leere)
klares Bewusstsein über Zustand („Ich bin nicht ver-
rückt")
Hoffnung auf zukünftiges Gehörtwerden → typischer
Ausdruck innerer Einsamkeit und letztlich: Resigna-
tion

Interpretation:
Margaret Ainsley hat sich mit hoher Wahrscheinlichkeit das Leben genommen – nicht aus plötzlicher Verzweiflung, sondern nach langem innerem Rückzug.
Die Manifestation ihrer Präsenz ist nicht das Resultat
eines gewaltsamen Endes – sondern eines ungehörten
Daseins.

Schlussfolgerung:
Das Tal und der Ort erinnert sich an sie, weil niemand
sonst es tat.

Gideon faltete den Zettel behutsam zusammen, legte ihn
mit dem Medaillon in den versiegelten Beutel und schob
diesen in die innere Tasche seiner Jacke. Dann blickte er
hinunter auf die Klippen und über das weite Meer.

„Du warst hier", sagte er leise. „Und jetzt bist du nicht
mehr allein."

Gideon trat ein paar Schritte zurück und wählte die Num-
mer, die ihm Constable Renshaw beim Abschied auf einen

Zettel geschrieben hatte. Das Telefonat wurde sofort ange-
nommen.

„Renshaw.“

„Blake hier. Ich habe etwas gefunden.“

„Das ging aber schnell, was?“, fragte Renshaw sofort.

*„Ein Medaillon und einen Zettel darin. Handschriftlich. Eine
Art Hilferuf. Kein Abschiedsbrief im klassischen Sinn, aber
aus psychologischer Sicht... eindeutig. Ich glaube, Margaret
Ainsley hat sich hier das Leben genommen.“*

Am anderen Ende der Leitung entstand eine kurze Stille.
„Sie glauben, von den Klippen gestürzt?“, fragte Renshaw
dann.

*„Ja. Der Ort passt. Ihre Worte deuten darauf hin. Und das
Medaillon war in unmittelbarer Nähe der drei Spiralsteine.
Ich denke, sie hat es dort bewusst abgelegt.“*

Renshaw atmete hörbar aus. *„Wir haben Zugang zu einem
Boot. Eine Art Patrouillen-Schaluppe, die auch zur Küsten-
wache gehört. Wenn Sie wollen, kann ich in einer Stunde
am Anleger am Hafen bei Staithes sein.“*

*„Perfekt. Ich treffe Sie dort. Aber vorher muss ich noch je-
manden informieren.“*

Der Himmel hatte sich leicht verfärbt. Das Licht über den
Hügeln war milchig, der Wind hatte gedreht, jetzt kam er
vom Meer, feuchter und schwerer. Gideon trat durch das

Gartentor des Cottages. Helen stand in der Küche, als er eintrat. Sie sah ihn an, nicht ängstlich, sondern mit dieser neuen Offenheit, die sie sich am heutigen Tag erarbeitet hatte.

„Sie haben etwas gefunden", sagte sie.

Er nickte.

„Ein Medaillon mit einem Zettel. Ich glaube, es war von Margaret Ainsley. Und ich glaube, sie hat sich selbst das Leben genommen. Wahrscheinlich von den Klippen gestürzt in der Nähe der drei Steine."

Helen senkte den Blick, hielt sich an der Stuhllehne fest.

„Es tut mir leid", sagte Gideon leise.

„Nein...", antwortete sie, ohne aufzusehen. *„Es... ist gut, es zu wissen. Wenn es wahr ist, dass sie da draussen war, allein, dann... hat sie wenigstens nicht umsonst gewartet."*

Gideon trat näher. *„Ich fahre jetzt zum Hafen in Staithes. Ich habe mit einem Beamten gesprochen, Renshaw, aus Whitby. Er organisiert ein Boot. Wir suchen den Küstenabschnitt unterhalb der Klippen ab. Vielleicht finden wir... einen Ort. Etwas Greifbares."*

Helen nickte nur. *„Ich mache Tee, wenn Sie zurückkommen."*

Er lächelte sanft. *„Das klingt nach einem guten Plan."*

Die Dämmerung kündigte sich mit einem feinen Graublau am Horizont an, als Gideon den kleinen Hafen von Staithes erreichte. Möwen zogen kreischend über die Dächer, das Wasser im Hafenbecken war ruhig, aber darunter lag Bewegung. Die See schlief nie. Constable Renshaw stand bereits an der hölzernen Anlegestelle, neben ihm ein wettergegerbter Mann mit wetterfester Weste, Kapuze zurückgeschlagen, das Gesicht von Wind und Salz gezeichnet.

„Gideon", rief Renshaw und winkte ihm zu. „Darf ich vorstellen: Alec Morran. Er fährt uns. Er kennt die Küstenlinie wie seine Westentasche."

Gideon reichte dem Mann die Hand. Morrans Griff war fest, seine eisblauen Augen klar.

„Sie wollen da raus, wo keiner hin will", sagte der Fischer trocken. „Aber das Meer zeigt, was es zeigen will, nicht mehr."

„Ich hoffe, es reicht", sagte Gideon ruhig.

Das Boot war eine stabile Schaluppe, ausgerüstet mit einem kleinen Aussenbordmotor, Suchscheinwerfer, Seile, Haken, wasserdichte Staukisten. Nicht gross, aber seetüchtig.

Gideon, Renshaw und Morran stiegen ein. Der Motor sprang an, und das Boot glitt langsam aus dem Hafenbecken hinaus in die offene Bucht. Der Wind hatte aufgefrischt, die See hob sich leicht in langen Wellen, aber es blieb beherrschbar.

„Wir fahren östlich, unterhalb der Klippenlinie von Ravens Dell", erklärte Morran. „Da ist ein Abschnitt, wo die See sich zurückzieht bei Ebbe, Felsen, Spalten, alte Vorsprünge. Man kommt nur vom Wasser aus ran."

Gideon stand am Bug, hielt sich mit einer Hand am Metallgestänge, die andere um sein Notizbuch in der Hosentasche geschlossen. Die Küste ragte grau und schroff auf, mit dunklen Einschnitten, schräg verwitterten Schichten, wie aufgeschlagene Seiten eines uralten Buches. Nach zwanzig Minuten Fahrt verlangsamte Morran das Boot.

„Hier, unterhalb des Cottages. Sieht man von hier kaum. Aber dort, sehen Sie das?" Er deutete auf eine Stelle, wo das Gestein fast schwarz war, moosbedeckt und feucht.

„Da ist eine Einbuchtung", sagte Gideon leise. „Das ist etwa ziemlich genau unterhalb der Spiralsteine."

Morran drosselte den Motor. Das Boot glitt langsam näher. Der Suchscheinwerfer schnitt durch das Halbdunkel unterhalb der Klippen und beleuchtete eine steinerne Plattform, kaum zwei Meter über dem Wasserspiegel. Unregelmässig, von Salzwasser geschliffen, mit einem schmalen Vorsprung, der sich wie eine kleine Stufe an den Fels lehnte.

Das Boot schaukelte leicht, als sie sich der dunklen Einbuchtung näherten. Die steilen Felswände warfen Schatten über das Wasser, das sich in matten Grautönen gegen die Steine schmiegte. Morran schaltete den Motor fast ganz ab, nur das leise Tuckern der Wellen blieb.

„Da ist eine Stufe im Fels", murmelte Gideon. „Sehen Sie das?"

„Aye", sagte Morran, die Stimme gedämpft. „Sieht aus, als hätt's jemand in Stein gehauen, aber das ist Natur. Rutschig. Tückisch."

Er hielt das Boot mit dem Bootshaken an einem Felsvorsprung fest. „Ich kann euch nicht lang da lassen. Die Strömung zieht hier eigenartig. Seid vorsichtig, verdammt."

Gideon und Renshaw zögerten nicht. Sie traten, einer nach dem anderen, auf die glitschige Steinstufe. Die Gischt sprühte bis auf ihre Hosenbeine. Der Untergrund war uneben, aber gerade breit genug, um sich fortzubewegen. Gideon beugte sich zu einer niedrigeren Vertiefung hinab. „Hier... das Muster. Sehen sie sich das an."

Renshaw kniete sich neben ihn. „Eine kleine Spirale, ganz schwach eingeritzt."

„Ein Spiegelbild", murmelte Gideon. „Ein Gegenstück zu den Spiralsteinen. Als hätte jemand den Ort markiert. Oben: die Schwelle. Unten: das Ende."

Sie leuchteten die Umgebung mit ihren Taschenlampen aus. Das Wasser war zurückgewichen. Zwischen zwei Felsplatten entdeckten sie eine schmale Spalte, kaum sichtbar, bis sich etwas darin bewegte. Ein flatterndes Etwas im Luftzug. Stoff. Renshaw leichtete mit der Taschenlampe hinein.

„Stofffetzen. Alt. Verfilzt. Könnte von Kleidung stammen." sagte er zu Renshaw und kämpfte dabei gegen den Lärm der Wellen.

Gideon beugte sich vor, zog sich seine schwarze Lederhandschuhe an. Mit vorsichtiger Präzision schob er seine Finger in den Spalt, drückte lose Steine zur Seite. Dann hielt er inne.

„Da ist mehr", sagte er leise. *„Renshaw... holen Sie Morran zurück."*

Renshaw richtete sich auf, gab dem Bootsmann ein Zeichen mit der Lampe. Morran verstand sofort. Gideon hatte inzwischen die losen Brocken vorsichtig entfernt. Ein fahler, runder Schatten kam zum Vorschein, von Salz und Zeit gebleicht. Ein menschlicher Schädel.

Er atmete durch, bewegte sich keinen Zentimeter. *„Sie ist hier."*

Renshaw kniete sich neben ihn, sah und schluckte. *„Gott... das sind Knochen. Unterarm, Rippen... Das ist sie, oder?"*

Gideon nickte. *„Die Kleidung. Die Position. Der Ort. Ja."*

Reshaw ging zum Boot und kam danach mit sicherem Griff wieder an Land, eine grosse schwarze Plane und ein Spezialbeutel über der Schulter. *„Wir nehmen sie mit. So wie's sich gehört."* Gemeinsam arbeiteten sie schweigend, vorsichtig. Jeder Griff sass. Kein Wort zu viel. Nur die Gischt, das Krächzen einer Möwe, das Murmeln des Meeres, das sie bei ihrer Arbeit beobachtete.

Sie bargen die Überreste von Margaret Ainsley aus dem Spalt, nicht spektakulär und nicht dramatisch, nur still und mit Würde. Dann sprangen sie zurück aufs Boot. Morran liess den Motor aufheulen. Niemand sprach. Die Rückfahrt nach Staithes war vom gleichmässigen Brummen des Motors begleitet und vom Schweigen dreier Männer, die etwas beendet hatten, was nie hätte offenbleiben dürfen.

Der Wagen war von salzverkrustetem Wind umhüllt, als Gideon sich auf den Rückweg machte. Renshaw hatte ihm zuvor fest die Hand gedrückt.

„Danke Mr. Blake. Die Überreste kommen zur forensischen Untersuchung nach York", hatte er gesagt. *„Nur zur formalen Bestätigung, aber ich bin sicher, es ist Margaret Ainsley. Wir melden den Fall offiziell als abgeschlossen. Nach über fünfzig Jahren."*

Er hatte einen Moment gezögert. *„Wissen Sie, Mr. Blake... Ich weiss nicht, was ich erwartet habe. Aber ganz sicher nicht, dass wir ihr auf diese Weise Gerechtigkeit verschaffen würden."*

„Sie wollten hören", sagte Gideon ruhig. *„Und das war alles, was nötig war."*

„Sie haben nicht aufgehört zu fragen", sagte Renshaw. *„Das hat den Unterschied gemacht."*

Dann hatte er sich abgewandt, und Gideon war losgefahren, durch das langsam herabsinkende Abendlicht, die Strasse hinauf Richtung Cottage. Als er das Gartentor des Cottages öffnete, hörte er Stimmen durchs geöffnete Fenster. Emily lachte leise. Wasser plätscherte im Badezimmer.

Helen öffnete ihm die Tür, noch mit einem Handtuch über der Schulter. Ihr Blick fiel sofort auf sein Gesicht, und sie wusste.

„Sie haben sie gefunden", sagte sie leise.

Gideon trat ein, zog die Jacke aus und setzte sich auf dem Stuhl in der Küche.

„Ja. Wir haben sie gefunden. Unterhalb der Spiralsteine, in einer Felsspalte. Es waren ihre Überreste."

Helen legte das Handtuch zur Seite, sagte nichts. Sie setzte sich an den Tisch, nahm die Tasse Kaffee, die sie für sich selbst gemacht hatte, beide Hände umklammernd, als brauche sie etwas zum Festhalten.

„Es war kein Unfall", fuhr Gideon ruhig fort. *„Ich glaube, sie hat es geplant. Der Ort, die Zeichen… das Medaillon mit dem Zettel, welches ich vorher gefunden habe… alles deutet darauf hin."*

„Sie hat sich von den Klippen gestürzt", sagte Helen tonlos.

„Ja."

Einen Moment lang herrschte Schweigen.

Dann kam Emily vom Badezimmer in die Küche, im Pyjama, die Haare noch leicht feucht vom Waschen. Sie blieb in der Tür stehen, sah Gideon mit wachem Blick an.

„Du bist zurück."

„Ja, Emily."

„War sie wieder da?", fragte sie leise.

Gideon kniete sich vor sie, auf Augenhöhe.

„Nicht heute. Aber wir haben der Frau geholfen, und jetzt kann sie in Ruhe gehen."

Emily nickte. „Ich glaube, sie hat gewartet, bis jemand ihr zuhört. Jetzt ist sie nicht mehr traurig."

„Und du warst die Erste, die sie gehört hat", sagte Gideon.

Emily sah ihn an, lange, ernst. Dann nickte sie noch einmal, fast feierlich, drehte sich um und ging wieder stapfend den Flur entlang und die Treppe hoch in ihr Zimmer.

Helen blickte ihr nach, dann sah sie Gideon an. „Danke", flüsterte sie. „Dass Sie geblieben sind, dass Sie zugehört haben."

„Ich glaube, manchmal brauchen Orte jemanden, der nicht fragt, was geschehen ist", sagte Gideon. „Sondern: Warum niemand hingesehen hat."

Helen stand auf, legte eine Hand auf seine Schulter. „Bleiben Sie noch?»

„Ich hatte noch nicht vor zu gehen", sagte Gideon leise.

Als die Sonne langsam unterging und das Tal in einen goldenen Dunst tauchte, bereitete sich Gideon ein weiteres Mal für die Nacht vor. Die gleiche Ausrüstung wie in der vorigen Nacht: Thermoskanne, Aufnahmegerät, Taschenlampe, Notizbuch, und Kamera. Doch diesmal war sein Schritt ruhiger. Kein ungewöhnlicher Druck, sondern nur ein Bedürfnis. Helen hatte ihn schweigend beobachtet, als er seine Tasche packte.

„Sie gehen wieder hinaus", sagte sie.

„Nur eine letzte Nacht. Ich möchte wissen, ob sich etwas verändert hat."

Sie nickte.

Der Wind war milder als in den Nächten zuvor. Das Gras lag flach, als würde es sich zur Ruhe gebettet haben. Gideon richtete sich wieder an der Nordseite des Wächtersteins ein, den Rücken gegen den Vorsprung, das Aufnahmegerät neben sich, das Notizbuch auf dem Schoss. Die Dämmerung verging lautlos.

Er wartete, und wartete. Die Stunden zogen ruhig vorbei. Kein Laut, kein Rascheln, nur das beständige Atmen des Tals. Er war wieder fast eingenickt, als es geschah.

Zuerst das Kältegefühl, nicht unangenehm, aber plötzlich. Dann kam sie. Die Erscheinung war plötzlich da. Wieder diese weissliche, schimmernde Gestalt. Nebelhaft, bewegt wie Rauch, gesichtslos und doch, eine Frau. Margaret. Aber diesmal... war etwas anders.

Sie war noch friedlicher und der fragende Gesichtsausdruck, welchen Gideon in der vorigen Nacht eher erahnt
hatte, war deutlich anders, friedlicher. Keine Spannung. Als
hätte sie endlich... eine Antwort bekommen.

Gideon richtete sich auf. Seine Stimme war ruhig, fast ein
Flüstern.

„Du bist wiedergekommen.“

„Ja...“

Die Stimme war wie zuvor, ein Windhauch, der einerseits
aus der Gestalt, aber auch aus dem Stein kam und doch
aus keiner Richtung zu kommen schien.

„Ja, Margaret“, sagte Gideon. *„Ich bin wieder gekommen.“*

Die Gestalt bewegte sich kaum, doch etwas in ihr schien zu
flackern. Wie eine Kerzenflamme, die im Wind schwankte,
aber nicht verlosch.

„Margaret“, wiederholte sie, leise. Als würde sie sich erin-
nern. *„Ich kenne... diesen Namen...“*

Ein Moment der Stille.

Dann: *„Er war meiner. Ich hatte ihn. Aber er... war schwer
zu tragen.“*

Gideon wartete, ließ die Worte kommen und unterbrach
die Erscheinung nicht.

„Ich war dort... allein. Die Steine haben gerufen. Oder ich... habe es geglaubt. Ich fühlte mich leicht, als ich bei ihnen sass. Ich dachte, sie würden mich aufnehmen... oder vergessen machen."

„Aber sie haben dich erinnert", sagte Gideon sanft.

Die Gestalt flackerte leicht, nicht unstet, sondern fast wie ein Nicken.

„Ich habe gesucht... nicht nach Tod. Nach... Ruhe. Nach Schweigen, das nicht weh tut."

„Und fandest du es?", fragte Gideon leise.

Ein Moment. Dann: „Jetzt... ja."

„Der Ort hat dich gehalten", sagte Gideon. „Bis jemand kam, der dich hörte...und findet."

Dann schwieg die Erscheinung, als ob sie auf etwas wartete. Der Nebel kräuselte sich um sie wie atmend. Schliesslich hob sie den Kopf, ein Hauch einer Bewegung.

„Du hast mich gefunden... dort unten."

Gideon nickte. „Ja."

„Warum...?"

Nicht anklagend. Nur, neugierig. Wie jemand, der nie mit so etwas gerechnet hat.

Gideon antwortete ruhig und ohne Zögern: *„Weil jemand dich vergessen hat. Und weil du das nicht verdient hast."*

Ein sanftes Aufflackern.

„Weil du noch gesprochen hast. Leise, aber klar. Und weil ein Kind dich gehört hat. Und ich... habe ihm geglaubt."

Die Erscheinung stand nun heller im Nebel. Kein Leuchten, nur ein Leiserwerden der Dunkelheit.

„So lange... war ich niemand."

„Jetzt bist du wieder jemand", sagte Gideon. *„Und das wird bleiben."*

„Danke......."

Die Stimme war kaum mehr als ein Windhauch. Dann nichts mehr. Keine plötzliche Auflösung. Die Erscheinung war einfach weg.

Fallnotiz Eintrag 15 – Nachtbeobachtung, zweiter Kontakt, Abschluss
Ort: Wächterstein
Zeit: 00:37 Uhr
Erscheinung identisch mit vorheriger Nacht
veränderte Stimmung: friedlich, geklärt, keine Zeichen innerer Unruhe
Kommunikation aktiv, vollständige Reflexion des eigenen Namens
Inhaltliche Erkenntnisse: Rückzug aus Überforderung, Wunsch nach Entlastung, nicht nach Tod

Deutung: „Wächterstein“ als Symbol für Aufnahme,
Bewahrung, nicht als Ort des Übergangs
Schlussfolgerung: Erscheinung erfüllt – Ort nun still

Gideon blieb noch lange dort sitzen. Nicht als Wächter. Nicht als Forscher. Nur als Zeuge. Der letzte Zeuge einer Seele, die sich selbst wiedergefunden hatte. Der Wind hatte sich gelegt, als Gideon zurück zum Haus ging. Es war kurz vor 02.00 Uhr, das fahle Licht am Horizont färbte den Himmel in blassem grau. Im Garten roch es nach Salz, nach feuchtem Gras und nach Erde, die endlich zu ruhen schien.

Er schloss die Tür leise hinter sich, zog die Jacke aus. Kein Laut aus dem oberen Stockwerk. Alles schlief. Gideon ging ins Gästezimmer und setzte sich auf das Bett, atmete tief durch, dann legte er sich hin. Die Augen blieben eine Weile offen. Nicht aus Unruhe. Sondern, weil er nichts verpassen wollte vom Gefühl, das sich langsam in ihm ausbreitete.

Etwas war zu Ende gegangen. Etwas hatte sich verabschiedet. Und das war gut so. Er schlief ein, tief und ruhig, bis die Geräusche des Morgens ihn weckten.

Die Sonne schien erneut in schrägen Streifen durch die Fenster, als Gideon gegen acht Uhr aufstand. Stimmen aus der Küche, leises Klappern, ein Lachen. Nach seiner Morgenroutine zog er sich an und trat danach in den Flur, dann in die Küche und blieb einen Moment zufrieden in der Tür stehen.

Emily sass bereits am Tisch, ein Glas Orangensaft vor sich, zerzauste Haare, aber wache Augen. Helen stand am Herd, briet Eier und Speck, drehte sich um, als sie Gideon sah.

„*Guten Morgen*", sagte sie leise. „*Sie haben tief geschlafen.*"

„*Das erste Mal seit ich hier bin*", sagte er und setzte sich.

Emily sah ihn mit grossen Augen an. „*Du warst wieder draussen und hast sie gesehen, oder?*"

Gideon nickte. „*Ja.*"

Sie blickte auf ihren Saft, dann wieder zu ihm. „*Ich hab sie nicht mehr gesehen*", sagte sie. „*Nicht mehr gespürt. Es war ganz ruhig.*"

Helen drehte sich kurz um, schwieg. Emily fuhr fort, so als würde sie einfach sagen, was war: „*Sie ist weg. Nicht... fort...aber gegangen und auch nicht mehr traurig.*"

Gideon lächelte. „*Ich glaube, du hast recht.*"

Emily runzelte kurz die Stirn, dann nahm sie einen grossen Schluck Saft. „*Dann kann ich jetzt wieder in meinem Zimmer schlafen.*"

Helen drehte sich zu ihr, Tränen in den Augen, aber sie lächelte.

„*Ja, meine Kleine. Ich denke, das kannst du. Margaret kommt nicht mehr. Sie hat ihren Frieden gefunden.*"
Gideon sah die beiden an, trank einen Schluck Tee, und schrieb in Gedanken bereits seinen letzten Eintrag.

Helen trat mit Gideon eine Stunde später hinaus in den Garten. Die Sonne stand nun etwas höher, wärmte die Mauern des alten Cottages, und das Tal lag still wie seit Tagen nicht mehr. Alles wirkte irgendwie friedlicher und farbiger. Auch der Wächterstein in der Ferne schien nicht mehr bedrohlich, sondern eher so, als wache er über das Cottage. Sie standen einen Moment nebeneinander, ohne zu reden. Dann sagte Helen leise:

„Ich weiss nicht, wie ich Ihnen danken soll."

„Sie müssen nicht danken", erwiderte Gideon ruhig. *„Ich war zur richtigen Zeit am richtigen Ort. Und Sie waren mutig genug, um jemanden zu rufen."*

Helen nickte. *„Ich hab mich gefürchtet. Aber nie so sehr wie vor dem Gedanken, dass ich mich täuschen könnte, vielleicht verrückt werde."*

Gideon blickte zum Wächterstein in der Ferne. *„Sie haben sich nicht getäuscht."*

Sie sah ihn an. *„Was werden Sie jetzt tun?"*

„Zurück nach Staithes. Mich um meine Pflanzen kümmern. Und... mit jemandem sprechen, der mich daran erinnert, wer ich bin, wenn ich zu lange zwischen den Schatten stehe."

Helen lächelte. *„Sie sollten uns bei Gelegenheit besuchen. Emily fragte schon, ob Sie irgendwann wieder einen Pfannkuchen wollen."*

„Sagen Sie ihr, ich denke darüber nach."

Sie lachten beide. Dann reichte sie ihm die Hand, eine Geste mit Gewicht, aber ohne Schwere.

„Leben Sie wohl, Gideon."

„Leben Sie wohl, Helen."

Die Luft war klar, als er seinen Range Rover parkierte und danach die schmale Strasse zu seinem Häuschen in Staithes hinaufging. Das Gewächshaus stand im Licht, beschlagen vom Morgentau. Er zog die Tür auf, trat hinein, atmete tief. Der vertraute Geruch von Erde, von feuchtem Holz und frischem Grün war wie eine Rückkehr. Wie ein Willkommen.

Er ging von Pflanze zu Pflanze, prüfte die Blätter, lockerte vorsichtig etwas Erde auf. Alles war genau dort, wo es sein sollte. Er trat wieder hinaus, setzte sich auf die kleine Bank neben der Tür und zog das Handy aus der Jacke.

Er wählte. Zwei Freizeichen. Dann eine vertraute Stimme.

„Lea."

„Gidi. Du klingst... ruhig."

„Ich bin ruhig. Es ist vorbei."

„War es schwer?"

„Nein", sagte er. „Aber es war... echt. Eine vergessene Seele, die wiedergefunden wurde."

Am anderen Ende schwieg Lea kurz, dann fragte sie: „Willst du erzählen?"

Er lächelte. „Ja. Aber nicht am Telefon."

„Also... soll ich kommen?"

„Das", sagte Gideon, „wäre das Beste, was mir nach dieser Geschichte passieren könnte, sofern du überhaupt kannst."

Sie lachte leise. „Ich kann es einrichten. Ein paar Tage können sie hier auf mich verzichten und ich kann meine Praxis schliessen. Dann pack schon mal Tee und Shortbread aus. Ich buche gleich einen Flug für morgen."

Gideon verabschiedete sich von Lea und sah hinaus aufs Meer, wo der Morgennebel sich langsam auflöste. Nicht alles, was verschwindet, ist verloren. Und manchmal kommt etwas zurück, das man nie ganz vergessen hat.

ENDE

Drei Wochen später Northumberland, nahe der schottischen Grenze. Der Regen fiel schräg gegen das Fenster des alten Bahnhofsgebäudes, das längst nicht mehr von Zügen angelaufen wurde. Die Schieferplatten auf dem Dach glänzten nass, und im Nebel war nichts zu sehen ausser hügeligem Land und den Andeutungen eines dunklen Waldes in der Ferne.

Ein Mann stand unter dem Vordach des Gebäudes, die Kapuze tief ins Gesicht gezogen. In seiner Hand: ein brauner Umschlag, auf dem mit krakeliger Schrift nur ein einziger Name stand.

„Gideon Blake, Staithes"

Drinnen in der leerstehenden Wartehalle tropfte es von der Decke. Auf der Holzbank lag ein Blatt Papier mit Kugelschreiber beschrieben, welcher sich wegen der Nässe bereits auflöste:

„Niemand betritt Tallow's End bei Nebel. Wer es doch tut, kommt nicht allein zurück."
„Dreimal hat man den Klang der Glocke gehört. Und jedes Mal ist jemand verschwunden."

Der Mann liess den Umschlag auf die Bank fallen. Dann ging er, wortlos, in den Nebel.

Eine Woche später in Staithes:

Gideon sass in seinem kleinen Arbeitszimmer, das Fenster zum Meer geöffnet. Ein Stapel Bücher lag vor ihm, daneben eine Tasse Tee, dampfend. Er hatte gerade seinen letzten Fall archiviert, als er die Tür zum Flur aufgehen hörte. Die Post. Er ging hinunter, bückte sich und hielt den braunen Umschlag in der Hand.

Kein Absender. Kein Datum. Nur sein Name und die Ortschaft, in welcher er wohnte. Er öffnete ihn. Ein einzelner Zeitungsausschnitt fiel heraus. Aus einer lokalen Gazette, vergilbt und ausgeschnitten:

„Erneutes Verschwinden am Grenzmoor. Die Einwohner von Tallow's End sprechen von der Rückkehr der Glocke."

Darunter mit Bleistift:

„Wenn jemand zuhören kann, dann du."

Gideon starrte lange auf die Zeilen. Dann legte er den Zettel behutsam auf den Tisch, ging hinüber zum Bücherregal und zog einen alten Band hervor: *„Grenzlandlegenden – Nordengland & Lowlands"*

Er schlug eine Seite auf. Ein altes Foto. Ein Dorf im Nebel. Ein Glockenturm – eingestürzt.

Darunter:

„Tallow's End – Ort des Schweigens. Drei Mal geläutet, nie erklärt."

Gideon griff nach seinem Notizbuch, schrieb in klarer, ruhiger Handschrift:

Fallnotiz – Eintrag 1 Tallow's End
Region: Northumberland, nahe der schottischen Grenze
Phänomen: verschwundene Personen, lokale Legende um alte Glocke
Hinweisgeber unbekannt
Verbindung zu früheren Fällen unklar
Erste Erkundung geplant

Er stand auf, ging zum Fenster und sah hinaus in die Weite des Meeres.

Fortsetzung folgt… in Band II

Über den Autor

E. Ray Sanders wurde 1969 in der Schweiz geboren und lebt auch heute noch dort. Weit entfernt von alten Herrenhäusern mit knarrenden Dielen, aber nie ganz ohne den Blick für das Unheimliche zwischen den Zeilen. Im Alltag befasst er sich mit Strukturen, Risiken und der Kunst, das Unvorhersehbare planbar zu machen. Vielleicht ist es gerade dieser Kontrast, der seine Faszination für Spukgeschichten, alte Legenden und das Unerklärliche genährt hat.

Mit „Die Protokolle des Gideon Blake" erfüllt er sich den lang gehegten Wunsch, diese Leidenschaft literarisch auszuleben. Seine Geschichten sind geprägt von Atmosphäre, psychologischer Tiefe und dem Gefühl, dass sich das Unheimliche oft dort verbirgt, wo man es am wenigsten erwartet. Er liebt Gruselklassiker, durchforstet gern historische Quellen und ist überzeugt, dass manche Schatten aus der Vergangenheit sich nur erzählen lassen, wenn man ihnen mit Respekt begegnet.

STAITHES